Strålande Tider

Denna roman är dedikerad till mitt livs kärlek; Chlôe. Sempre come uno.

Ulf Skei

Strålande Tider

Del tre i Bergsgatan trilogin

FSC
www.fsc.org
MIX
Papper från ansvarsfulla källor
Paper from responsible sources
FSC® C105338

Förlag: BoD – Books on Demand, Stockholm, Sverige
Tryck: BoD – Books on Demand, Norderstedt, Tyskland

ISBN: 9789176998199

Kapitel 1

Vyn var av ett helt annat slag. Allt en dröm. Man kunde vänta sig se en humanoid eller två promenerande i parken på andra sidan gatan. Möjligen en lärka eller kråka svävande förbi ovanför. Vinden var en brisaktig sort. Ett par vågor kunde noteras i dammen därborta i parken. En plötslig person satt tyst på en bänk och kastade brödsmulor på fåglarna. Allt var underligt. Ett trumljud kunde höras från någon odefinierad position i omgivningarna. Det var ljudet från elektriska generatorer och kretsar på pc korten som upprätthöll existensen som sådan. Denna del av varat skapades i enorma interstellära datahallar. Eller diskar. Nåja, egentligen rörde det sig om planeter. Smärre planetoider cirklande kring en artificiell sol. En reaktor som försåg existensen som vi känner den med nödvändiga mängder energi. Denna version, 37 dash 42a, var på kommission från Baethelredge Desktop velveteen Inc för exakt sju år sedan. Specifikationerna inkluderade automatisk uppdatering samt regelbunden service och underhåll av mjuk- såväl som hårdvara. Errol Quatermain III, bolagsdirektör, hade kontrakterat underhåll för de kommande 50 åren. Nåja, ge eller ta ett par. Detta var helt enligt riktlinjerna. Det var helt enkelt det förväntade resultatet av digitaliseringen av varat som bestämts av Byrån för Planetära affärer. Man hade beslutat överge fysiskt vara då detta involverade för många osäkra parametrar.

Under tiden satt en digitaliserad fiskmås och väntade på att en trålare skulle anlöpa en digital hamn med sin digitala last av sill och makrill. Ljudet från de brummande kretsarna var rogivande på något vis. Allt detta existerade endast som en tanke. En ström av medvetande i ett gigantiskt sinne. Ett sinne kallat Universum…

Universum var en grinig gammal entitet. Grinig och tämligen ensam.

"Ja, jag ska skapa en värld, en kopia av mig själv i digital form." Universum skapade sig själv och började umgås. Det hatade sig själv. Det skapade Existentialismen som respons på sin egen underlighet. Man skulle kunna se det som ett gigantiskt schackparti. De uppfunna arterna var alla pjäser i partiet mellan Universum och sig själv. Som alla pjäser något ovilligt, men fann ändå fri vilja och kontroll över sitt vara en spännande ny krydda. De entiteter som fanns under växlingen från fysisk till digital kunde ibland uppleva udda sensationer av att inte höra till. En känsla av att existera i en skarv mellan världar.

Läsare av denna trilogi har mött våra huvudpersoner, Elvis och Chlôe, tidigare. De hade den möjligen berikande möjligheten att besöka 'baksidan', och att möta 'kodmonstren' och 'vespa gänget', de som upprätthöll illusionen av verklighet. Då vi kliver in i denna avslutande del av trilogin har digitaliseringen genomförts. En underligt realistisk hjord giraffer travade i tysthet längs horisontlinjen av vad som i den fysiska världen hade varit Lissabon i nationen Portugal. Fjärilarna vid ett dike över ett landområde inspirerat av Belgien cirkulerade planlöst. Precis som de var programmerade att göra. Ett moln svävade över himlen i vad som i fysivärlden hade varit Stockholm. Dammsudden som landade utanför en dörr hade alltid gjort det, och skulle fortsätta göra detta i evighet. En digiperson vid namn Elvis vaknade. Den hade ingen aning om att den var en rad kod. Som alla digipersoner trodde den att den var en riktig person och att den levde i ett mycket underligt universum. Denna den avslutande delen i trilogin handlar om 'uppvaknande'. Vad händer då en person inser att den inte är annat än kod och existerar i en superdator? Följ mej på den här resan genom existens och vara, så ska vi se…

Ljuset var av ett annat, ondskefullare, slag. Långsam tid passerade och indikerade sig själv genom att påpeka att gårdagar måste hanteras mycket noggrant. Så gjordes, och en anteckning vilken levererades någonstans i universum klargjorde att en avdelning om fyra måste sändas över.

Artemis Coudenhafte IV verkade aningen nervös. Hans position som tjänsteman inom Knightsbridge Wellington administrationen - en position till vilken han, ska erkännas, anlänt på något av omvägar inkluderande ett telefonsamtal från hans farbror Rufus, allmänt känd för inflytande rörande allt som hade med inrikesministeriet att göra, till en viss 'P'. P var sannerligen en mycket skicklig manager. Hans bakgrund inkluderade bland annat Team Leader vid utrikes affärer, temporär chef vid RSPCA, chef vid tre avdelningar inom

MI5, bibliotekarie vid kungliga biblioteket, et c. Han var en man att räkna med. Artemis Coudenhafte visste lite, eller till och med ingenting, om 'P'. Han visste att hans farbror fått dra i trådar för att få in honom vid företaget som handhade daglig drift av chefsadministrationen. Det skulle vanligtvis ta både tid och idoghet att landa ett lukrativt och trevligt kontrakt med detta företag. Artemis tog sin examen vid ett universitet i en annan korridor, den med blå dörrar. Efter examensfestligheterna - anordnade av hans föräldrar - sökte han en skrivbordstjänst vid ett företag endast känt som företaget. Han nämnde detta vid en cricket luncheon med sin far, och resten är - som man brukar säga - historia. Efter en Sticky Wicket sent om eftermiddagen bestämdes att de skulle besöka tant Edna och farbror Rufus. Efter en kopp te i salongen avvek männen för cigarrer i biblioteket. Artemis kände sig aningen obekväm men anslöt till konversationen.

"Ja, kontorsarbete. Administrationen. Mycket trevligt." Artemis gjorde sitt bästa för att verka världsvan. En sann gentleman. Farbror Rufus gick för att ringa ett samtal. Nästa dag blev Artemis kallad till presentation vid kontoret. "Detta är Artemis Coudenhafte, vår nye medarbetare vid Back Office." Mannen som presenterade Artemis vid morgonmötet i rum 36 i gula korridoren verkade trivas med att vara i blickpunkten. Artemis uppskattade inte uppmärksamhet av något slag. Han närde ett fåfängt hopp att detta skulle vara snabbt avklarat och att han skulle tilldelas en cubicle eller ett litet kontor i vilket han kunde försvinna in i väggarna eller mattan. Mannen som introducerade Artemis var en junior chef vid namn Apsley. Apsley antydde en soffa i vestibulen.

Artemis följde honom och de satte sig att diskutera hans arbetsuppgifter. "Jag är huvudsakligen lingvist, tidigmodern engelska. Verbförändringar i Shakespeares pjäser är mitt område."

Apsley såg på Artemis och tänkte "Kära nån."

"Ja, du kommer att till största delen hantera gårdagar, och ibland den gångna veckan, så på sätt och vis kommer du att hantera språkhistoria eftersom vi mestadels hanterar tryckta medier." Han pekade på en bunt pappersark på ett skrivbord i bortre änden av kontoret.

"Noteringarna levereras mestadels med löpare. Vid brådskande ärenden används rörposten, men vi försöker undvika den, då den är aningen otillförlitlig. En kvalificerad not blev en gång sänd till den Ungerska ambassaden, som ligger i den bruna korridoren, ca 47 minuter bort med HooverTrack ™." Apsley kände sig aningen oäven, och sade "Låt oss gå till ditt rum så du kan komma in i våra rutiner. Jag ska visa vad du behöver veta för att bli en väl fungerade del av maskineriet." De avvek och äntrade korridoren. Alla dörrar var gula. Artemis uppskattade inte den speciella gula nyans de valt men tänkte att 'vissa av existensens aspekter får man lov att offra för att komma någonstans här i livet.' De gick omkring 736 meter och stannade vid en gul dörr med nummer 69 indikerat i ett vänligt typsnitt Artemis ej kände igen, men ändå accepterade.

"Här är ditt rum. Nummer 69. Hädanefter, då du ser en pappersremsa med siffrorna 6 och 9 tryckta på den, i den ordningen men utan 'och', då vet du att det rör dej, ok?"

"Ok." Sa en aningen förvirrad Artemis Coudenhafte.

Apsley gav honom en nyckelkod printad på en liten pappersremsa etiketterad '69'.

"Här är din nyckelkod. Memorera den och förstör sedan pappersremsan. Jag skulle memorera den noga om jag vore du. Erhålla ny nyckelkod för kontor i gula korridoren innefattar såpass skilda akter som att färdas tvärs till de centrala kontoren i sektor Latinum XIV, ha en av de lokala pingvinerna till middag samt även måla ett abstrakt porträtt av vår grundare, Erwin Schlegel."

"Jag ska vara mycket försiktig." Artemis såg på papperet och tänkte för sig själv 'jag kan inte måla...' och skrev in koden på ett litet keyboard vid sidan av dörren. En suck kunde höras från något dolt maskineri. Dörren, en hingeman 37, gled upp med en mjuk suck. Samtidigt kunde höras ett diskret brum från någon typ av ventilationssystem längs korridoren. Inte störande eller otrevligt, bara diskret. Det var de elektriska motorerna, 'Bendix 52', i ventilationshallarna som producerade brummet under gång. Då korridorssystemet beslöts av styrelsen för interstellära affärer hade allt från kaffemaskiner (Multi Purpose 97 beställdes), papperskorgar (Scooper 5 C), till ventilationssystem. Efter en lång natt och take away dinners för hela styrelsen hade man bestämt sig för Bendix 52. Det var en relativt billig maskin, som ändå var tämligen pålitlig och driftsäker. Ljudet var nog det som fällde avgörandet till 52ans fördel. Det var ett ljud som antydde nöje. Som om motorerna njöt av sitt värv. Detta var förstås ett fantasifoster. De elektriska motorerna visste ingenting. De kände ingenting, och kunde ipso facto ej uttrycka känslor. Det var helt enkelt ett snilledrag av en yngre medarbetare vid the Bendix Equipment Co. Medarbetarens namn var Szigmund Everett. Szigmund Everett var en hängiven saxofonist i företagets band. Han uppskattade trevliga ljud, samt kaffe. Han fann att om han tillförde bara en aning tryck vid monteringen av kullagren kom motorn att låta som en suck av njutning. Szigmund notifierade sin förman, som i sin tur tog det högre i hierarkin. Idén lades till produktionsplanerna, och Bendix 52 var född. Detta var något som skulle komma att påverka ventilationsmotorproduktionens framtid märkbart. Bendix 52 skulle de facto driva tre andra ventilationstillverkare från att vara topprankade ventilationstillverkare åt regeringen till konkurs. Där ser man vad en liten motor kan göra.

Något tidigare, men ca tre miljoner Parsek bort, i en annan spiralarm av av en galax i sanning långt borta, gjorde någon morgonkaffe. Det var på planeten Jorden, i Stockholm, Sveriges huvudstad. Vi känner redan de boende i lägenheten på Bergsgatan; Elvis Karlfeldt och Chlôe Lavigne. Våra hjältar från de tidigare romanerna i denna trilogi. Elvis höll på och förfärdigade en kopp av sitt favorit decaf. De dagar då han kunde avnjuta en kopp Kembe espresso var över tack vare ett irriterande magsår. Decaf var det som gällde dessa dagar.

"Jepp, en kopp av det svarta nöjet. Livet skiner." Elvis lyssnade till ljudet från kaffemaskinen, en Royal Black, medan den producerade de söta dropparna. Ljudet av den diskreta strömmen av kaffe ned i koppen var ett av hans favoritljud. 'Nästan lika härligt som jazz' tänkte han, varpå han helt i linje med god ton borstade bort ett dammkorn från ärmen på sin morgonrock, en Turnbull Castle 58, fattade tag i koppen njutning och vandrade mot fåtöljen - en fåtölj han hängivet döpt till 'Morgana'.

"Så, då är det du och jag igen, Morgana, som så mången gång förr." Elvis hade, som du, käre läsare, möjligen minns, egenheten att ge personligheter till ägodelar han uppskattade. Så var alltså hans fåtölj en medelålders dam från Yorkshire. Hans kaffemaskin var en viss 'Luther', från Paris. Faktiskt från Montparnasse. Cafeägare. Lite surmulen. Hårddisken i hans laptop hette 'Partre'. Den var mycket existentialistisk, precis som Elvis. Om ni, käre läsare - vilket jag hoppas - läst bok ett och två i denna trilogi, är ni medveten om att Elvis är en hängiven existentialist och bokantikvarie med en dragning åt det sublima. Ni är även medveten om att Elvis och Chlôe är två av de få människor som vet att den värld vi alla ser varje dag och tror är på riktigt, inte är det. För att vara exakt är den varken oriktig eller riktig, den är inte alls. De är medvetna om att allt är ett hologram som handhas och ibland ändras, av företaget här endast känt som företaget. De är bägge två medvetna om vissa av dörrarna till baksidan. Baksidan är den plats där korridorerna kors och tvärs universum finns. Baksidan är även en värld lika artificiell som vår framsida. Det är en värld bebodd av kodvävarna och reparatörerna på sina vespor. Åkandes genom ett italienskt landskap reparerar de skador i väven som inte upptäckts av de minimala nanovävarna, små tekniska underverk. Elvis suckade och tog en mun decaf. Perfekt. "Det är perfekt," sa en munter Elvis, "den bästa starten på en perfekt dag. Idag tror jag jag kan hantera det där exemplaret av Heideggs Blå Anteckningsböcker." Elvis hade en kontakt i Falun, en liten stad 20 mil norrut, som påtalat ett visst intresse. "Men först, en cigarr."

Elvis var en man av värld. Hans rökrock var mjuk och hade en lätt air av rökighet. Elvis brukade kalla rocken 'Sidney'. Elvis tog på sig Sidney och vandrade sakta mot sitt läs- och rökrum. Han bläddrade förstrött i senaste numret av the Paris Review. 'För att hålla sig ajour med nyheterna i branschen' tänkte han för sig själv. Morgonen var ypperlig, som de flesta morgnar i Elvis och Chlôes våning på Bergsgatan.

"Ah, liv; jag älskar dig." Elvis kunde inte avhålla sig från att uttrycka uppskattning med sin bokantikvarie existens. "Sant, Jean Sol, existensen är plågsam, men vissa bitar av den är ganska trevliga ändå." Elvis hade ofta små diskussioner med Jean Sol, skaparen av hans livsfilosofi, existentialismen. Jean Sol hade lämnat detta vara för att bli del av det 'intet' alla existentialister gjorde sitt bästa för att undvika. Detta var bara naturligt, och Elvis kände att han på sätt och vis stod i förbindelse med den store filosofen ändå. Hans blick vandrade till bokhyllan, sökande. "Ah, där." Han fann vad han sökte. Varat och Intet. Hans guide till livet, existensen, intet samt tiden.

I sanning.

Samtidigt öppnade någon en dörr i ett rum. Denne någon förväntade sig en korridor på andra sidan dörren. Där var ingen korridor. Eller rättare sagt - ingen korridor i enlighet med vad vi i denna värld vanligen betecknar som en 'korridor'. Winston Parsnip Johnson var försäkringssäljare vid Gordon, Llewes, Gordon & Sons försäkringar ltd.

Företaget var mycket gammalt. Det hade, de facto, existerat före det medeltida vokalskiftet i Drottningens Engelska. Inriktning och syfte hade såklart ändrats genom århundradena. Vid sin tillkomst hade det varit en sammanslutning av riddare, en orden, under en paraplyorganisation verksam i det heliga landet. Det heliga landet var en sträcka land där vissa trodde en mäktig entitet vid namn 'Gud' en gång fått en son. Den mäktiga entiteten var såklart ingen Gud. Det var bara en filosof från en av världarna långt bort. Entiteten hette Ruprecht. Entiteterna på den värld Ruprecht kom från tillverkade bebisar på ett mycket speciellt sätt; de lät en tanke äntra örat hos den entitet de åtrådde. Denna tanke var så stark att den faktiskt fick den åtrådda att producera en kopia av tanken blandad med det åtrådda. De boende på sträckan land var primitiva fiskare, snickare och bönder. De visste intet om den värld Ruprecht kommit från. De visste föga om korridorer och underliga transportmedel vilka - som jag nämnt i en tidigare bok i serien - hade fått Dronten samt en del andra lustiga djur att komma till vår planet. Detta primitiva folk hade inget bättre sätt att förklara Marys son än att det var sonen till en osynlig, allsmäktig och extraordinär entitet vilken de vad vi vet valt att kalla 'Gud'. Detta missförstånd har genom tiderna orsakat mycket sorg och irritation. Den åtrådda entitetens och tankens son levde ett underligt liv, mest beroende på sin härkomst. Nåväl, personen är egentligen inte del av denna historia. Jag nämner honom bara som en ögonblicksbild vid tiden för företagets bildande. Tempelriddarna, det var vad de som startade firman kallade sig. Nuförtiden har de tillsammans med resten av mänskligheten blivit del av ett enormt hologram. En av de största nackdelarna med existens i Holovärlden var att pixelväven ibland felade. Detta var ett exempel på just detta faktum. Winston Parsnip Johnson var på väg till kaffemaskinen vid korridorskorsningen till vänster. Må det vara sagt att han aldrig varit närmare vad man i dagligt tal kallar sin 'skapare'. Eller för att vara mer exakt; han hade aldrig varit närmare den enorma tomhet vilken betecknades 'yttre rymden'.

"Kära nån, vad har vi här?" Winston Parsnip Johnson höll i dörrhandtaget och kände en droppe svett dingla under toppen av sin näsa. Han var aningen skärrad. "Vad har hänt med min korridor?" Han kände efter med skospetsen. Utanför tröskeln verkade finnas exakt 'ingenting'. Winston Parsnip etc kisade över vad som uppenbarligen var ingenting. Långt bort från sitt lilla kontor, ett kontor som i detta nu representerade det enda säkra i trakten, såg han ett antal mörka kuber. På vissa kuber såg han ljusa rektanglar. I vissa av rektanglarna såg han mörka områden som rörde sig. 'Dörrar' tänkte en nervös Winston etc. Han tyckte sig se sin korridorsgranne Edna Hargrave Millay därborta till höger om en kaffemaskin samt ett set cafestolar och bord vilka drev förbi. Han tog nästan ett skutt, men modet tog lunch så han stannade där han var. "Edna, hallå, vad händer?" Winston ropade allt han orkade. Den som vet det minsta om yttre rymden skulle snart sluta försöka. Winston visste inte att det faktum att det inte fanns luft i yttre rymden gjorde det omöjligt för ljudvågor att färdas där. Edna visste inget av det där. Hon såg att Winston viftade om något och undrade vad det kunde vara. Hon ropade tillbaka;

"Winston, vad i herrans namn händer med oss?" Winston hörde inte detta. Då Edna sade 'oss' hände två saker simultant; en del av deras lunchrestaurant kom glidande förbi. Man kunde tydligt se ett antal personer äta lunch därinne. Samtidigt - men helt oavhängigt kan man tycka - vid en litterär konferens på en liten litteraturplanetoid vid namn Bernhard #3, skulle en filosof vid namn Coltrane Partre - inte släkt - precis presentera sitt bidrag till konferensen; en djupdykning inom området passerande tid och dess relation till ett kallt och torrt farväl med titeln 'Time Past, Time present and the Nothing of Totality'. Jag nämner detta bara som hastigast då jag tänker det kan vara intressant för dig att veta att en existentialist därute brottades med kall intighet samtidigt som Winston, Edna och deras kollegor hade anledning att underhålla ett flertal funderingar kring intighet, vilket, jag är säker på att du är medveten om, är det där tomma, svarta, som stirrar tillbaka på en. Ett nihilistiskt koncept av verkligheten.

Coltrane var ingen Nihilist. Låt säga att han var en deprimerad existentialist. Han var inte negativ per se, han var en allmänt sett glad prick, men hans ekonomi i kombination med hans avsaknad av ordningssinne rörande sin plånbok hade medfört vissa otrevliga episoder. Det är komplicerat. Det fanns inget elakt eller enfaldigt över honom. Han kunde bara inte hantera sin lön. Han spenderade vargparten av sin tid på biblioteket där han läste filosofi och drack kaffe. Hans intellekt var en briljant källa för onödigt vetande. Han hade spenderat många år vid universitetet, och läst språkhistoria, världsreligionerna samt vetenskapshistoria. Inget som kunde sätta en middag på bordet, om man säger. Ett faktum som icke på något sätt hindrade vår vän. Han var så existentiell man bara kunde vara. Han var mycket medveten om att existensen var lidande och att man måste minska detta lidande så gott det går. Sagt och gjort. Han bestämde sig för att gå i JSPs fotspår. Det var inga lätta skor att fylla, men han tog på dem och producerade ett antal traktat vilka fick hans överordnade att klia sig i huvudet. Han förklarade för sin publik att Tid i alla dess former framträdde som modifiering av den intighet av totalitet till vilken han såg existens som sådan vara ett ramverk. Från någonstans långt bort i rummet kunde en deprimerad saxofon höras. Tidningsfolket levererade morgondagens rubriker och en sorgsen näktergal viskade om en gårdag då träd förekom här och där.

"Mörkret kan bara ta sig in om man tillåter det..." Coltrane försökte peka på de få strimmor av ljus han hade i sin mörka värld. "Men inget av detta, och inget annat heller, har någon betydelse. Vi är bara viskningar utkastade i existensens neutrum. Det är inte mycket att göra. Väl födda måste människorna ta del och dansa en Fuga." Coltrane var i toppform. Jag undrar hur han skulle ha hanterat kunskapen om sin snart förestående framtid? Jag antar att hans tankar irrat lite om han vetat att han skulle transporteras sådär 2.73 miljoner miles från sin nuvarande vistelseort, och spendera följande 3.42 år kontemplerande liv och existens i sällskap av sand, gult gräs, och en holografisk stad kallad Holfram. Det skulle nog fått honom att känna sig 'a bit under the weather' som britterna brukar säga. Men 'hallå', säger du, 'vad pratar du om?'. Jo jag är bara en bit före dej. Detta är egentligen inte så förvånande då det ju är jag som skriver den här historien. Det är ju jag som skapar alla världar och alla som bebor världarna. Jag skapar även problem för dem att lösa. Vilket är vad jag precis hittat på för Coltrane. Ett problem. Så följ med mej här så tar vi en titt.

Coltrane lämnade scenen via scendörren till gränden där katter brukade slåss och de lokala fyllona sova. Då vår vän gick de tre trappstegen ned till gatnivån från sagda scendörr kunde han känna en lätt bris i håret och klagade för sig själv om vädret. Han hade ingen aning om att vad han precis upplevt var början på ett interstellärt fenomen med sin startpunkt på en liten planetoid kallad Bertram i trakten av de Magellanska Molnen. Jag tvivlar på att han tänkt så mycket på det även om han vetat. Detta skulle definitivt röra till Coltranes liv en del under den närmsta framtiden. Så låt oss ta en titt på detta framtida fenomen, eller förflutna, beroende på iakttagarens startpunkt, för att tala med Heidegg. Det Coltrane snubblat över då han klev ut i natten efter sitt anförande var ingenting mindre än en interstellär transportenhet som löpt amok. Hör här bara; För länge sedan, under de allra första stegen på vägen mot digitaliseringen av existensen, anordnade ett råd ett möte för den omedelbara stjärnhopens medlemmar. Ett flertal viktiga ämnen skulle avhandlas. Framtagandet av digitizers/scramblers, med tillhörande 'descramblers' för interstellär transport var högt prioriterat. Ordförande för konferensen var en viss Pfederer Garnet, lokal politisk stjärna på Bertram. Han närde ett hopp om att få denna konferens avklarad under ett relativt kort spann av den illustra entitet vi känner som tid. Efter att ha argumenterat med en av teknikerna under tre dagar kring den perfekta temperaturen på kaffet insåg han att denna förhoppning skulle förbli en avlägsen dröm.

"73 grader Celsius. Jag säger bara det. Det är den perfekta temperaturen för att lösa upp de aktiva ingredienserna i kaffepulvret." Pfederer såg på den talande, en tekniker vid namn Estheros Ffinks. Pfederer undrade huruvida han lyssnade till orden från en galning eller ett geni. Sanningen var att han lyssnade till orden från ett geni på väg att bli komplett galen, vilket kan vara lämpligt ibland antar jag, men det här var inte en av de gångerna.

"Min gode man, är ni seriös?" Pfederer gjorde en gest illustrerande osäkerhet. "Du är väl medveten om att denna konferens syftar till att hantera ärenden av vitalt intresse för åtminstone 573 kända världar samt potentiellt mycket viktig för stora delar av vårt omedelbara galax cluster?" Pfederer använde sig av sin teaterskolning från sin tid som inhoppare i en lokal teatergrupp, genom att stående peka diffust i åtminstone tre olika avlägsna riktningar under antydandet av sina istället för fötter saker. Flera av de närvarande ingenjörerna skakade sina huvuden och något alarm nånstans började brumma. Ffinks svarade genom att stirra på sina istället för händer saker och vissla en melodi hans mor brukat vissla då hon var för upprörd för att tala.

Ingenjörerna utförde ett antal tester, procedurer vilka var ämnade att sprida ljus över transport av scramblade pixlar genom det kända universum. Bland testerna fanns ett flertal provkörningar av maskineriet för transport av hologrammens beståndsdelar från ena kanten av universum till någon vilken som helst annan plats, inte nödvändigtvis i sagda universum. Dagar, veckor, månader, passerade förbi. Konferensen på Bertram antog flera av de kännetecken som betecknade en egen planet. Dess spektrum vidgades till att innefatta konstruerandet av nyhetsförmedlare samt lunch restauranger. Pfederer hade gett upp alla förhoppningar att få se sin familj igen, och Ffinks hade fått en grupp lojala följare med vilka han utbytte ideer och förslag på daglig basis. Maskinerna som skulle scrambla och descrambla hologram blev bättre och bättre. Ett nätverk av transporter till och från konferensen sattes upp. Ett eget samhälle utvecklades kring hallarna där mötena hölls. Byggnadskomplexet utvecklade med anledning av sin blotta storlek sitt eget gravitationscentrum, och lämnade planetoiden Bertram. Den producerade sin egen atmosfär och sektorer för vidmakthållandet av biologiska livsformer samt matproduktion anordnades i samhällets utkant. Under testerna och experimenten växte ett flertal transportrutter fram. Ibland planerade, ibland slumpartade.

Kapitel 2

Dörrarna var stängda. Elvis provade en av dem, och den gled upp. Ett plötsligt café dök upp därframme. Utanför fanns en neonskylt med bilden av en kopp kaffe och en rykande cigarr. 'Java Black' stod det. Uppenbarligen ett ställe att räkna med.

"Hoppas de har decaf eller Kembe" sade en instant Elvis. "Och Habaneros" tillade han. Vår gode vän föredrog Habaneros, den söta och milda smaken kombinerat med den begränsade storleken gjorde dem perfekta för en eftermiddagskopp. Han klev snabbt in, och noterade att inrättningen drevs av hans gamle holografiske vän 'Stig'. Den perfekta avbilden av den perfekta barflickan var också närvarande.

"Hello Sailor," sade den, "med vad kan jag stå till tjänst?" hologrammet gjorde sitt jobb. "Hej, Lola, en kopp Kembe och en Habanero, om möjligt." Sade Elvis och satte sig ned på stolen vid det indikerade bordet. Lola nickade till Stig, som sade

"Kommer på direkten, min gode man. På direkten." Stig vispade till en kopp Kembe på ett sätt som visade att han kunde sitt jobb. Han ordnade även en Habanero från nån dold humidor. En snabb vispning med sin trasa över brickan innan han gav den till Lola som elegant transporterade denna till Elvis.

"Tack" sade han, "here's lookin' at you, kid." Han blinkade till Lola som log och blinkade tillbaka, som hon var programmerad att göra. Elvis visste förstås allt om detta. Han visste att den trevlige bartendern, precis som Lola, bara var ettor och nollor, precis som han var väl medveten att ingenting i den här världen egentligen kunde fysiskt avnjutas. Inget av detta var dock viktigt. Känslan, intrycket, av ett femtitalscafé var vad han var ute efter. Han tände cigarren. Den var mycket välgjord. Röken och glöden var surrealistisk. Overklig men mycket övertygande. Doften av kaffet och cigarren producerades av små kemiska centra inbyggda i ramverket till operativsystemet, ett avancerat OS Pi.

"Detta är livet som det borde vara." Vår vän var mycket nöjd med den senaste utvecklingen. En avslappnad version av 'All the Way' fyllde rummet. En annan gäst, som satt vid ett bord tvärs rummet, höjde sin kopp till Stig, viskade

"A dopo..." på ett sätt bara en mycket vacker italiensk kvinna skulle klara av.

"Ciao" Svarade Stig. Alltid en gentleman.

Den mystiska kvinnan passerade vår hjältes bord på sin väg ut från caféet. Elvis kände en vag aning av en parfym härstammande från någonstans i närheten av Juan-les-Pins. Han var i himlen. Cigarren påkallade dock lyckligtvis hans uppmärksamhet. 'Close to Marakesh' kunde höras från väl dolda högtalare.

"Cheers, Stig." Sade vår hjälte, och reste sig för att gå. Lola, den pixelerade perfekta bilden av en 50 tals barvärdinna, framträdde ur ingenstans.

"Ha en trevlig dag, Sailor. Jag hoppas allt varit som förväntat." Hon torkade rent bordet från några inbillade smulor av jag vet inte vad och tog askkoppen fylld med holografisk aska samt koppen.

"Tack, Lola. Detsamma. Och, ja, allt har varit perfekt." Elvis var alltid lika imponerad av hur programmet kunde skapa en så perfekt bild av hans inre referenser till 50-talet. Vara med det som det vara månde, det var en perfekt halv timmes avkoppling på väg från gränden till korridorerna som började i Stockholms Gamla Stan och ledde till centralkontoren han skulle stöta på nånstans där framme. En plötslig cyklist vrålande på ett gammalt andalusiskt poem störtade förbi. Elvis hoppade snabbt åt sidan, något skärrad. Han fiskade fram en vit linnenäsduk ur sin vänstra kavajficka. Det var en mycket högkvalitativ näsduk från södra Sicilien. Han torkade sin panna och såg förstrött på näsduken. Det högkvalitativa tyget kunde hantera nära nog vilken svettig panna som helst utan att förlora strukturell permanens. Så även i detta fall. Han noterade ett par fuktiga ställen, men fuktigheten transporterades diskret till de inre stråna.

"Underbar kvalitet. Jag måste komma ihåg att tacka Alessio för att han introducerade denna tillverkare för mig." Elvis var en man av värld som kände igen kvalitet.

Luftfuktigheten i korridoren var excellent. Elvis promenerade på, uppfriskad av sin fiktiva kopp kaffe med tillhörande fiktiva cigarr. Nog är det fascinerande hur människan kan anpassa sig till en verklighet som i sanning hade mycket lite om något alls att göra med vad man i dagligt tal betecknar som 'verklighet'. Även om jag bara är författaren, måste jag säga att konstruktionsteamet vid EVERSURE ™ Productions (R), företaget ansvarigt för underhåll och reparationer av Holovärlden, visste vad de gjorde. Deras Nanovävare var otroliga, och deras reparationsteam på sina Hologram Vespor ™ kunde utföra mirakel så länge de trodde på det. Det hade faktiskt förekommit en del incidenter förr, innan Psychomaticon (R) testet blev rutin. Som nog alla kan gissa var livet för en repairmember inte alltid så lätt. Ett antal män och kvinnor i styrkan hade tagits ur tjänst och remitterats till psykvården. Vissa av de allvarligare fallen hade måst medicineras och läggas i tvångströja. Ett av de mer kända fallen rörde en spricka i väven nära Benghasi på framsidan och Helsingfors på baksidan. Vädret i Helsingfors var uselt. En storm hade pågått i tre dagar. Corrado Capitano, reparatör av sjunde graden hade tagit den imaginära båten från likaledes holografiska baksidan av Stockholm och anlänt i Helsingfors bara för att inse att han måste lämna baksidan och äntra framsidan för att justera positionen för flera restauranger i Benghasi och anpassa transportrutter för lokala herdar för att återfå harmoni och balans i systemet och på så sätt få sprickan att läka sig själv. Det värsta hade varit hur ett flertal lokala marknader för tryckt material, och specifikt då restaurangmenyer, tydligen försvunnit. Upphört att existera i världen så som vi känner den. Vid ca kl 2.53 på eftermiddagen hade firmorna och flera av deras klienter helt enkelt försvunnit. Ett vittne beskrev det som något ur en skräckfilm. Det som hänt var de facto något mycket speciellt. Ett gap hade uppstått i väven, och på grund av varats lutning, den ovinklade relationen mellan allt och vad som helst samt intet, se, Partre hade rätt. Omgivande materia, pixelkluster, gled in genom gapet och satte sig som kvarlevor av desorienterad vilja att vara, i hamn marknaden i Helsingfors. Detta var mer eller mindre nödvändigt, då viljan att vara alltid vinner, given tid nog att sätta sig och utvecklas. Inte ens fadern till alla evolutionsteorier, F.M. Drawberry Jeffers, hade anat detta. Länken mellan existens och viljan att vara. Jag antar det är lätt att addera två och sju och få ett negativt tal till summa om frågans språk är okänt. Vilket faktiskt var vad som hänt. Drawberry Jeffers var en erkänt klok man, men hade aldrig tänkt i termer av en filosofi kring varat och hur detta skulle kunna påverka existensen och biologin hos exempelvis en sköldpadda på en liten ö i stilla havet. Dronten var ännu ett exempel på hur han tog sig vatten över huvudet. Folk visste inte bättre så hans teorier kring arternas uppkomst accepterades av alla utom en grupp som föredrog tro att allt kom från fantasin hos en skäggprydd kille i yttre rymden. De hade inte helt fel, såklart. Världen hade startat som en reaktion hos vissa kolföreningar, och efter en tid utvecklades världen och digitaliserades av rådet. Medlemmar av rådet odlade skägg, och de bodde i yttre rymden, så helt fel var det inte.

Det fanns kontakter mellan Rådet som styrde Företaget endast känt som Företaget och den lilla planeten Berwald 44 i

Torsknebulosans Vänstra arm, cirkulerande kring en gul sol kallad #3. Kontakterna var av det mer ickesubstantiella slaget. Sett ur ett holistiskt perspektiv skulle anknytningarna kunna kallas 'som det är' eller till och med en 'ad hoc' typ. Planeten var så insignifikant att den nästan saknade existentiell rätt att vara. Det var, hur som helst, en av de viktigare, om än pytteliten, planeterna i det någonsin kända universum. Varför? Frågar du. För att den var en enorm dator. Det var den intelligens vilken skapat allt annat i det kända såväl som det okända universum.

"Vi är trötta." Sade det allsmäktiga intelligenta varat känt som 'Berwald 44'. "Vi har skapat miljontals världar, stratocastern samt existentialism. Vi vill vila ett tag och se vad vår skapelse gör med sig själv, eller mot sig själv, vilket det råkar bli." Planeten, intellektet, diskuterade med sig själv en stund, sedan somnade den. Den sov i fem miljarder trettiosju av våra år. Detta representerade en liten trevlig eftermiddagsslummer för Berwald 44. Nätverket som anslöt planeten och rådet reagerade på det faktum som sade att hårddisken som hanterade den totala existensen var försatt i vila. Detta var allvarligt. Vad som helst kunde ske om universums fundation lämnades utan uppsikt.

"Noterade du det där?" en av kontoristerna vid centrala rådskontoret pekade på en skärm och hans granne i kontorslandskapet tittade på skärmen. Något hade hänt. Styrningen hade slutat styra. Universum hade släppts lös att hantera det hela efter eget huvud.

"Ja. Det här verkar oroande. Vad borde vi göra?" Philcart Dandy såg på Elrod Pfeiffenhelm

"Vi måste upplysa rådet." Elrod sände ett meddelande till rådet. Meddelandet testades för autenticitet och existens och befanns riktigt och bra. Det levererades i utskrift till Baklev Nimrod, medlem av Rådets kringliggande grupp.

"Vi har en incident." Baklev Nimrod verkade nervös. "Vi har stängts ned." Baklev sände ett memo till sin grupp server, allmänt känd som 'Jim', relaterat till problemen vid Berwald 44. Ett meddelande sändes ut till alla gruppmedlemmar, en kallelse till ett Bop Meet ™ vid biktserver 56 om en timme. Ett Bop Meet ™ antydde graden av allvar. Jim, servern, var programmerad att begränsa kallelser till Bop Meet ™ till vissa mycket allvarliga omständigheter. Dessa omständigheter var; 1. Om kylning och/eller ventilation i huvudprocessorhallarna var hotade. 2. Om underhållsenheterna, nano vävarna, och/eller Vespa ™ Crew riskerades. Eller 3. Om någonting annat, inkluderande men inte begränsat till problem med kaffetillgången, eller slutligen om något hände i Berwald 44s existentiella regioner. Ni, käre läsare, kanske nu börjar inse hur allvarligt detta i sanning sågs. På sin väg till server 56 tänkte Baklev på livet som sådant och Candy. Candy var en strikt feminin Holo struktur. Baklev var dess motsats. Trots att inget någonsin kommit ut av en cyberrelation vid de centrala kontoren, eller för att vara exakt, vid 'något' cyberkontor, utvecklade ibland Holo personligheter känslor för varandra. Mestadels över Cyber Gender gränsen, men även andra fall har rapporterats. Ett av de mer kända och citerade fallen rörde en pennvässare, en Shrapnel #38/B, och en förvirrad folder vid en korsning mellan tre departement, en Bindex ™ X7.2. Shrapnel #38/B hade stött på pennor i ett resefodral som diskuterade sina gemensamma foldrar. De hade alla, av en eller annan anledning, varit i kontakt med en viss Paul, en Bindex X7.2, och hade bara bra omdömen om denne Paul. Shrapneln, en viss Sziegfried, var som man säger 'tagen'. Den hade aldrig hört på maken. Dess pärmars mjukhet, det lugna och sammetslika ljudet då den togs ned från hyllan. Sziegfried nötte nästan ut sig själv i sin iver att imponera på pennorna. Kanske i förhoppningen att de skulle lägga in ett gott ord nästa gång de mötte Paul. Detta kan te sig lite udda för er, käre läsare läsare, men i pixeluniversumet var saker tämligen udda i allmänhet och mycket underliga i synnerhet.

"Hälsa Paul nästa gång ni ser det." Sade Sziegfried. Pennorna såg på varandra och svarade

"Självklart. Allt för en #38/B!" Sziegfried hade gjort bra ifrån sig och fått ett set HB vänner. Holo personen tog sina pennor och gick sin väg i det myller av korridorer som omgav kärnorna och processorenheterna. Så kom det sig att en vässare och en folder utvecklade en udda men fruktfull distansrelation via pennmeddelande. De möttes nästan en gång. Den Holo Person som opererade Paul flyttades till ett kontor två dörrar från receptionen där Sziegfried satt monterad vid ett bord. Paul kunde ibland till och med höra ljudet av en vässande Sziegfried, och en gång hade Sziegfried känslan av att Paul för ett par sekunder låg i en samling pärmar på hans skrivbord då en Holo Person frågade Sziegfrieds operatör om riktningen. Där ser man. Underliga och ibland lite sorgliga saker händer i de centrala kontoren. jag ville bara visa er, käre läsare, hur komplex tillvaron kan, kunde och må, vara. Till och med för ett hologram. Skapandet av AI medförde ett flertal svåra punkter. Inkorporerandet av regler cyberpersonen ej kunde överträda visavi möjlig humanoid, och den centrala dataenhetens särställning under alla omständigheter. Tillstånd för AI att utveckla känslor för andra enheter beslutades. Rådet insåg självklart att detta skulle kunna medföra svårigheter, men självförtroendet var prominent i rådets tätt slutna krets. Hittills hade man lyckats hantera uppkomna romanser mellan AI enheter. Den mellan en folder och en vässare var extrem, men inte helt ovanlig. En viss Major, Tim, en 377#2, en andra generationens stridsdroid, hade fallit för en skärmenhet, del av Earth Control. Det skrev ett antal Haikus och en novell till den monokroma enhetens pris. Det kallade det Eliza. Major Tim, 377an, sändes på uppdrag till Hästhuvudnebulosan. Det hade en lång chatt med Eliza innan avresan. Dess röst var mycket övertygande. Rösten hade lånats av en jordisk underhållare som gav dem idén till Major Tim. Major Tim reste iväg i sitt rymdskepp. Dess uppdrag var att lokalisera ett gravitationscentrum i närheten av nebulosans ögon för placering av ett framtida speditionscenter. Plötsligt angrep ett magnetfält i närheten skeppets kontrollenhet. Där ser man hur ett underligt fenomen, en 'space oddity', kan ändra planer. Major Tim förlorade kontroll över sitt skepp och det hela slutade med en våldsam krasch. Eliza upplystes om utvecklingen av en soptunne AI, och började meditera kring existens och smärta, en existentiell punkt människor tidigare mediterat över. Efter att det utvecklat sin tes inför ett antal brukare bestämde sig ledningen att ta Eliza ur tjänst. Det spenderade sina återstående dagar som kassaskärm vid en lokal bar. Många besökare kom tillbaka för att specifikt avnjuta Elizas bartender känsla och för att diskutera varat med skärmen. Där ser man, underliga ting sker.

Baklev väntade på sitt kaffe vid 'Medelålderskrisen', ett mycket populärt café. Han tänkte på Candy. Candy var ett barflickehologram. Ett 73Nicola. Det såg mycket mänskligt ut. Baklev var modellerad efter en taxichaufför i en tv serie i den gamla världen. Före digitaliseringen. Kaffehologrammet bars till Baklevs bord av en Lola version. Det sade 'Hello Sailor, här, speciellt till dig.' Baklev såg kaffe 3D bilden och tyckte Lola var trevlig. Det nickade till vår gamla bekant. Det återgäldade tjänsten och gick till nån bakre region dit Lolas går. Stig, det andra hologrammet, torkade en inbillad fläck från en sked och kisade mot Baklev. Stig hade en otrevlig känsla rörande detta AI, och bestämde sig att sparka ut det efter kaffet. Baklev skickade ett sms till Candy. Candy svarade efter ett par minuter, men mycket kortfattat då det hade kunder. Baklev var inte bara udda, det var dessutom mycket avundsjukt. Det hade troligen medicinerats om det varit humanoid. Baklev hade nu transformerats från en ofarlig maskin till en mordisk galning som egentligen skulle ha pluggats ur. Det började förolämpa Lola och ett par gäst AIs. Stig greppade ett basebollträ bakom disken och rörde sig över golvet.

"Följ med här nu. Du går härifrån omedelbart." Stig fick tag i AIn, Baklev, och hivade ut det ur lokalen.

"Och kom inte tillbaka!" Stig pekade basebollträet mot

Baklev som svarade att det hade det inte för avsikt att göra. Lola var tvunget att sätta sig ned ett tag på en av de fiktiva stolarna.

"En sån karaktär." Sade det.

"Jupp." Sade Stig. "Jag fick en obehaglig känsla omedelbart jag såg det där anletet. För tätt liggande ögon. Aldrig ett bra tecken."

Baklev borstade lite fiktivt damm från sin imaginära jacket och tänkte att det betydde föga. Det skulle snart vara vid mötesplatsen. Det kollade sin portfölj. Ja, meddelandet var där, liksom äggmackan. Utmärkt.

Vid samma tid satt en personlighet som kallade sig Albert, med tyst 't' på grund av inbillade franska släktingar, i de vänstra bakvattnen av Proxima Centauris exoplanet Ludovico, och försökte i tysthet tolka ett meddelande från en bensinstation sådär 45 Parsec till vänster om centrum av var man nu råkade befinna sig. Meddelandet var autogenererat som svar på ett klick Albert gjorde för några hundra år sedan på en länk vid ett företag som distribuerade pocketböcker. Det som i allmänhet kallas skräplitteratur. Här är vad meddelandet försökte säga Albert Albert, arkeolog och språkhistoriker:

"Detta meddelande sändes till dig, kära med-entitet, då du en gång klickade på en länk. Denna länk var i azurblå rundade bokstäver, i en font kallad 'elder', skapad för att illustrera hur vi här vid Exo Clean Atomics ™ strävar att hjälpa dej finna ditt rätta kall här i livet; att köpa all din Uran från oss." En ljudfil var bifogad som bilaga. En varm, sensuell, kvinnoröst som utlovade all universums njutning talade om för Albert Albert hur hans himmel kunde explodera i flammor och hur hans fordon kunde ta honom till henne. Albert Albert visste inte vad det skulle säga om det där. Albert Albert var en AI personlighet som inte hade några begär eller verklig vilja. Det enda Albert Albert hade var en inprogrammerad drift att plocka upp vissa röda stenar då han stötte på dem, och placera dessa oftast decimeterstora stenar i intrikata mönster i det blå gräs vilket omgav dess hus. Det hade ingen aning om varför det gjorde detta. De andra boende på exoplaneten trodde Albert Albert med tyst 't' var rubbad. De brukade peka på honom och säga

"Se, där är han igen. Stenarna, helt bindgalen." Folk visste inte hur de skulle hantera Albert Albert. Oftast ignorerade de honom/det. Såg bort då de mötte honom. Använde bara enstaviga ord då de måste prata med honom. 'Nä' var populärt, liksom 'Aah'. Resultatet av detta blev att Albert Albert trodde sig vara omgiven av idioter, så han/det undvek dem så gott han/det kunde.

Albert Albert tvättade de stenar han/det plockat upp under morgonpromenaden, utan att ha en aning om varför eller för vem detta gjordes. Det var något han/det gjort så länge han/det kunde minnas. Det var såklart del av programmet. Varje AI enhet som existerade hade sitt eget speciella syfte. Syftena var små paket av vilja att vara som vid tillverkningen av AIn loggades in i dess centrala processenhet som en instans av något som låtsades vara 'fri vilja'. Det var såklart de centrala kärnornas fria vilja. Det gav varje AI enhet känslan av att fullgöra sin egen fria viljas mål, medan det egentligen var den centrala processorns kärnenhets fria vilja som realiserades. En central processorenhet Albert Albert aldrig hört talas om eller ens anade att den existerade. 'Jag tänker, alltså är jag' var vad Albert Albert hade att säga om sin frihet. Detta väl kända Cartesianska Cogito var grunden för varje AI. Syftet med att placera dessa mindre stenar i mestadels spiralmönster var inte intressant för Albert Albert. AI enheten som samlade dessa stenar tyckte bara det var något trevligt att göra. Precis som programmerat.

Hör nu detta:

Platserna där Albert Albert placerade ut dessa stenar var noga definierade och de röda stenarna var ett silikonsubstitut kallat 'Bentonit'. Det hade upptäckts av en AI vid namn Benton, som sänts ut på en resa för att leta efter nya material som substitut för det silikon vilket de facto var basen för Pixel Universat. Arbetet som utfördes av Albert Albert och miljoner som honom/det var planerat in i minsta detalj och styrt av rådet. Det existerade ingen dator eller hårddisk stor nog att härbärgera all den data som krävdes för att skapa Pixel Verse ™. Vad rådet slutligen kommit fram till var att man måste bygga om hela världar; planeter och solsystem, och skapa kretsar och chip sets av särskilda silikonmineral intrikat utplacerade enligt mönster utvecklade av det centrala vetenskapliga styrelsen, som var del av kontoren kring rådet.

Där. Så du ser att vad Albert Albert gjorde var att bygga minnesbankarna för den östra Gate Sektionen av en lokal Universe Gif. Otroligt, ja, jag håller med, men för Rådet var det det logiska att göra. 'Res Extensa', som de brukade säga. Deras universum behövde mer plats, fler världar att bebygga.

Fler möjligheter att vidga omfattningen av Existentialismen och göra AI lyckliga. Den existentialistiska livssynen var inprogrammerad i varje produkt. Vetskapen att den/det var fri och gjorde vad den/det gjorde för att den/det ville detta var även det en del av programmet. Varje Albert Albert hade den djupt liggande insikten att den/det själv skapat sitt syfte. De var lyckliga, pixel universats Albert Alberts. Det hände förstås att saker och ting spårade ur. Det hände exempelvis att ett AI stötte ihop med en av de få true Humans (TH) som ännu existerade. Våra hjältar, Elvis och Chlôe, stötte ihop med ett antal AI under sina korridoräventyr. Vissa av dessa, som Stig och Lola, ifrågasatte inte sin egen verklighet. De accepterade humanoider såväl som AIs som kunder. De var de allmänna service Hologrammen. Vissa andra funktioner, som kontors botar och bibliotekarie botar, till exempel, hade vissa problem att hantera Humanoider ™. Historier om möten som slutat i elände flöt omkring på de sociala nätverken. En gång, berättas det, var en Humanoid ™ oartig mot ett hologram som försökte få ordning på en hotellreservation. Humanoiden tyckte Holo figuren var för långsam och klagade hos hotellföreståndaren, en Weliver 42. Modellen har därefter tagits ur produktion och existerande exemplar modifierats med en limiter inkluderad i responssektorn hos den centrala processorn. Föreståndar AIn utvecklade en känsla av självtillräcklighet och individuell förolämpningskänsla. Historien slutade med att Weliver 42an överskred in i mänskligt territorium och försökte hämnas. Den/det gömde sig bakom en dörr, vilken den/det mutade genom att smeka sagda dörr upprepade gånger och viska ömma ord om gångjärnsolja. Welivern hoppade fram bakom hotellgästen och knuffade denne nedför trappen. Den stackars gästen fick som resultat allvarliga hjärnskador och är vad jag vet än idag bunden till rullstol. Där. Relationen mellan humanoider och AI enheter har inte alltid varit så lätt. Men låt oss komma vidare i historien. Universums Albert Alberts och deras arbete. Ok. Det huvudsakliga syftet med detta var, som redan nämnts ovan, att vidga Pixel Varats utbredning och omfattning. Dessa ideer hade följt Rådet ända sedan det betecknades Korsriddarna, och före det. Strävan att expandera, att inkorporera den kända världen i Rådets domäner. Rådsmedlemmarna, även om de var högt ärade, var inget annat än karbonkopior av en betjänt AI producerad med en av de mer kända korsriddarna som modell. Denna Riddare ™, låt oss kalla honom/den Lord Castlemain, var en av de första generationens Cyber Karaktärer ™ designade av en natur dator kallad Vintergatan ™. Vissa trodde det var skapat av GUD. Det var det inte. Det var produkten av ett superintelligent sinne. Detta sinne fyllde vad som för länge sedan var känt som alltings totalitet, och var basis för 'Res Extensa', utsträckningen av intellektet i varats intighet. Det var basis för Cogito. Det var allt som var.

Kapitel 3

Mörkret överraskade Everett. Han hade faktiskt aldrig upplevt ett så allomfattande mörker förr.

"Yttre rymden." Viskade han för sig själv.

"Detta är vad jag kallar 'mörker'. Och tystnad. Helt otroligt, kan man säga." Sa han. Alltings sorglighet hade fått bättre män än Everett att gråta. Anledningen till hans ensamma vistelse på plattformen mitt i ingenstans emellan Alpha Centauri och Krabbnebulosan, mer än 6500 ljusår från vårt enkla hem i intet, var hans nya jobb som bensinstationsföreståndare. Du anade förstås inte att det fanns bensinstationer därute, i alltets stora intighet? Tja, inte direkt som våra jordiska mackar, men nästan. Everett hade tuggummi, hot dogs, blandat smågodis, turtle wax ™, och Uran. Ingen bensin. Inga förbränningsmotorer därute i tomheten. Det var vad man skulle kunna kalla en strandad val därute i existensens bakvatten. Everett hade valts för tjänsten då han svarat ja på frågan om han uppskattade ensamarbete. Everett hade inte anat att detta skulle innebära åratal av ensamarbete, med bara ett fåtal möten med entiteter som hade bråttom att komma bort därifrån. Everett bodde i ett rum bakom disken, så han aldrig skulle missa de få kunder som kom förbi.

"Jag undrar. Jag undrar var allt kommer ifrån?" Sa en mycket imponerad av den uppenbart meningslösa slumpmässigheten hos allt Everett. Var tredje vecka eller så brukade en kund dyka upp vid macken. För närvarande hade han/den väntat fem veckor på att nåt skulle hända. Han grep sin lilla kvast, och började sopa av plattformen. Detta var bara en uppvisning i meningslöshet. Inte mycket damm därute att sopa upp i den stora mestadels tomhet som är universum. Som mest lite interstellärt damm, eller en elektron eller två, men det var i alla fall nåt att göra. En sysselsättning så god som någon. Detta skulle hur som helst komma att bli en dag olik alla andra där på macken. En plötslig ljusblixt från höger, mot nebulosan, fick honom att reagera. Var det ett stjärnskott? En komet på väg mot sin undergång genom någon ohälsosam atmosfär någonstans? En supernova? Everett hade ingen aning. Han gick in, till sin kära kaffemaskin för att göra en kopp av det gamla svarta magiska giftet mot giftet.

Samtidigt, men någon helt annan stans, var ett möte i sin allra mest intensiva fas. Ett antal delegater satt vid ett fönster och såg på det mestadels becksvarta därute. De hade just återkommit till mötet från restaurangen efter att ha avnjutit en fejkad majskorv.

"Se, det blir bra. Tro mig." Bigelow Transnatal försökte låta övertygande. Mötet rörande konstruktionen av en gigantisk bas på en av de mer avlägsna månarna runt en planet vid namn M76, men ofta bara hänvisad till som 'den där lilla skräphögen' hade varit precis så konstruktivt och lyckat som alla andra projekt hanterade av Bigelow Transnatals medvarelser, Corkarna. Det hade alltså varit ett helt misslyckat slöseri med tid. Vår vän Everett var en av medCorkarna. Då det mest framträdande draget hos

Corkarna var en benägenhet att misslyckas hade Everett inga som helst problem att lämna kretsen. Berättelsen om hans folk var en om besvikelse. De hade lyckats bidra med exakt ingenting till Universums historia. En gång i tiden hette en av de ingående i det Corkska samhället Golconda Våtnos. Denna Golconda lyckades starta en rörelse med som enda syfte att sprida kultur inom vida cirklar. Ledarna i styrande strata insåg att detta var något man skulle kunna utnyttja, varför läs- och konstkurser kvällstid introducerades i syfte att höja medvetenheten hos populasen. Detta må ha varit ett välmenande företag, som möjligen kunde ha krönts med framgång om det inte varit så att den generella intelligensnivån bland Corkarna var mycket, mycket, låg. Nästintill en förolämpning. Detta representerade inte något problem per se, då behovet av hög IQ inte ännu presenterat sig. Vilket inte direkt gjorde introducerandet av litteratur på något mer svårtillgänglig nivå än kioskdeckare lättare. Golconda Våtnos presenterade en lång lista verk hon ansåg nödvändiga för att leva ett fullvärdigt liv med avslappnande picknickar vid flodstranden. Problemet med detta var såklart att Corkarna i allmänhet ingenting begrep av de verk de ansågs skulla läsa och avnjuta. Resultatet blev att ett par miljoner Corkar spenderade timme efter timme med att läsa verk de hade svårt nog att läsa, att förstå eländet var inte att tänka på. Konsekvensen blev att Corkarna började hitta på betydelse och syfte till böcker och essäer de inte utrustats med verktygen att begripa överhuvudtaget. 'Nå, låt dem' hör jag dig säga. Nej, min vän, det är helt fel approach. Vad vi, eller rättare sagt 'de', fick var en generation mycket förvirrade samhällsmedlemmar. En generation som faktiskt trodde de visste saker medan de i själva verket inte hade en aning. Detta är, som jag nog tror du förstår, en potentiellt inte helt ofarlig situation. Vem som helst med en aning sunt förnuft ser snabbt risker med att låta förvuxna bebisar som tror sig veta allt styra samhället. Nå, de hade - vilket vi får vara glada över - åtminstone inga massförstörelsevapen. Corkarna hade inte teknologi nog att framställa exempelvis kärnvapen, så resultatet blev istället sisådär 700 år bortslösade på att ge sken av att förstå litteratur de inte begrep ett dyft av. Den sociala utvecklingen blev satt på väntan, ungefär som ett samtal till lokala skattemyndigheterna.

Där, se vad Everett kom från. Ett totalt och erbarmligt misslyckande. Att Corkarna till slut lyckats ansluta sig till den interstellära tiden och lyckats bemästra kärnenergi var ett mirakel och ca femhundra år senare än alla kringliggande civilisationer. Han visste bara att han hade ett enormt förråd kaffe och konserverade ostsandwichar inlindade i plast. Eller något som påminde om plast, men producerat av ett lokalt bär. Quentin. Så hette det lokala bäret. Detta var inget Everett spenderade tankemöda på. Kom ihåg att han var en Cork. Everetts tankar var oftast koncentrerade på mat eller tömmandet av sitt matsmältningssystem. Ibland blev han distraherad av saker som passerade förbi. Som läsare av denna bokserie redan vet, hände det ibland att 'transportsystemet fallerade. Detta visade sig exempelvis med att förvånande strukturer och varelser besökte macken. En gång kom en hjord Gnuer förbi. Everett visste inget om vad de var, eller varifrån de kommit. Gnuen, detta enorma och stökiga, om än vänligt sinnade, ök från de afrikanska slätterna på jorden, hade aldrig tidigare setts i närheten av varken M76 eller Everetts mack.

"Whoa. Vilka otroliga bestar." Sa Everett till sig själv. Jag menar, han var ju den enda i närheten. Förutom hundratals förvirrade Gnuer som letade efter vatten och gräs. Inget av detta fanns på everetts mack ute i vad som måste ses som en ytterst dödlig tomhet. Everett höjde volymen på hifi systemet. Lite jazz kanske kunde lätta upp stämningen. Gnuerna var inte vana vid att lyssna på bebop, cool, eller ens smooth jazz. Deras möte med Miles Davis kan bara beskrivas som kaos. Sopkorgarna ute på plattformen, där mer avancerade livsformer slängde exempelvis servietter, efter att ha torkat av sina handliknande strukturer då de avnjutit Everetts utsökta fast food utbud, blev nedsprungna av tunga, svettiga, råbarkade kreatur utan minsta vilja att försiktigt träda in i den vänliga natten.

"Vad gör ni? Är ni helt från vettet? Mina sopkorgar…" Everett var ledsen då han såg ut över det slagfält som inte längre ens påminde om en välskött mack med ett par sopkorgar dekorerade med bilden av en glad mackföreståndare med en trasa i sin vänstra bakficka, utan numera var ett ödeland av krossade sopkorgar, Gnudynga, krossade pappershandduksbehållare och en sorgsen pingvin sittande där mitt i kaoset drömmandes om snö och is. Ett plötsligt 'ZZIP' hördes. Det var ljudet av en passage genom yttre rymden som stängdes. Pingvinen började plötsligt springa i cirklar som galen. Den skrek på ett sätt endast upprörda pingviner kan skrika. Det låg en distinkt doft av unken fisk och Gnudynga över plattformen. Precis då Everett såg den sista Gnuen försvinna ut i intet, började pingvinen, låt oss kalla den Esmeralda, brinna. Där var blixtar som hoppade runt, och en strängkvartett som framförde Rule Britannia sågs och hördes flyta iväg mot närmsta planet, en liten exoplanet cirklande kring en vit dvärg lite åt vänster. Exoplaneten var så liten och obetydlig att den inte ens hade något riktigt namn. Everett brukade kalla den 27. Låt oss bara konstatera att den var obetydlig och kallades 27. Som ni, käre läsare, möjligen anar var detta något som förvånade Everett, men som ni minns var han ju inte den som tänkte alltför mycket.

"Jahapp. Det var ju intressant. Nu kanske en kopp Java Black." Var den tanke Everett slösade på det hela. Det förekom även andra tillfällen då underliga saker passerade förbi. En gång flöt en brödrost förbi. En gång passerade ett långt tågset. Rälsen dök upp från ingenstans. Och försvann vid andra änden av plattformen. Tåget stannade ett tag, för att lasta på ett par trunkar. En familj klev på. Ett antal passagerare klev av och gick ombord på en väntande buss. Everett var förvirrad.

Tåget gled vidare i det jämna, syditalienska landskapet. En familj passerade utanför Elvis och Chlôes kupé på väg till restaurangvagnen för kvällsmål. Elvis tänkte att sätena var mycket mjuka och bekväma.

"Dessa säten är sannerligen mjuka och sköna." Sa han till Chlôe. Hon läste en essä kring 'Autenticitet och Glömskans

Mörker' av Elmer Cardigan Jones, stigande stjärna inom baksidans filosofi.

"Vad, ja, de är trevliga. För att vara fiktiva och pixelerade." Svarade hon och nöp lite i sätets fluffiga klädsel. Hon såg ut genom fönstret. Landskapet utanför var nästan identiskt med det hon mindes från sina besök hos släkten på Sicilien i yngre år. 'Otroligt' tänkte hon, 'hur operativsystemet kan veta mina preferenser.'

"Elvis, nog är det enastående hur allt är som man vill, därute menar jag." Hon pekade vagt mot landskapet som flöt förbi. Där var fält och ängar. En bäck, och där en hare som hoppade iväg mot programmets horisont. Plötsligt tog den ett hopp och försvann i intet bortom drömvisionen baserad på Chlôes preferenser. Elvis såg ett helt annat landskap, baserat på sitt liv, sina drömmar.

"Ja. Si. Det är sannerligen oerhört." Fantastiskt. Han såg ett landskap med kustlinje och ett hav försvinnande mot himlens bilder. Ett plötsligt cafe gled förbi. En man gick efter en landsväg, bärande på ett metspö och målarutrustning. Då tåget passerade vände han sig om och såg våra hjältar. Han log och vinkade åt dem. Elvis och hans dam vinkade tillbaka mot Pablo. En konstnär som gärna målade damer vid kusten. Han var del av både Elvis och Chlôes verklighet. Operativsystemet kombinerade applicerbara bitar när det var möjligt. De log mot varandra. De hade ingen aning om var de var på väg. Operativsystemet gick på en 'need to know' basis, vilket innebar att de diskret leddes ombord på lämpligt transportmedel för att endast senare och vid behov informeras kring syftet med eskapaderna. Elvis tyckte detta var ett utmärkt arrangemang. Lite som en jazzimprovisation. Man vet aldrig var man hamnar.

"Var tror du vi hamnar den här gången?" frågade han.

"Åh, ingen aning. Jag har inte sett några ledtrådar än, och konduktören verkar ha lunch." Tåget flöt på genom det imaginära landskapet. En lätt bris fläktade in genom de öppnade fönstren. De pixelerade gardinerna fladdrade lätt. Elvis tyckte kodningen var excellent.

"Hur som haver," sa han, "jag går efter lite imaginärt kaffe i restaurangvagnen, snart tillbaka." Han blinkade åt Chlôe och gick efter de begärliga dropparna. Chlôe blinkade tillbaka efter honom där han försvann i korridoren.

"Tata!"

Tåget rullade på. Det imaginära landskapet ändrades då och då, kodarna hade fått rådet att lägga in variation då människans intellekt behöver det för att fungera tillfredsställande i det långa loppet. Resorna kunde vara alltifrån tre dagar till flera veckor, beroende på var transporterna gick. Tågresande hade valts som primäralternativ då det hade tidsaspekten inbyggd så att säga. Något med detta att se landskapet flöda förbi gjorde kulturkrockarna vid interstellär transport mer lätthanterliga. Så tänkte i alla fall konstruktörerna av Pixelvärlden kring det hela.

Fälten var ändlösa och grödorna svajade i brisen. En mås skrek till och passerade förbi på sin väg mot intet.

Tid passerar.

Taxin stannade vid den lilla restaurangen vid

Kornhamnstorg i Stockholm. En mörk figur betalade föraren, en viss Melantone, en hygglig summa, och sa

"Det är jämna pengar." Den mörka figuren, som var passageraren, öppnade dörren och lämnade fordonet. Han knäppte sin mörka rock. Ett mycket fint plagg. Indisk Merino ull. Ljudet av hans excellenta Oxford skor på den våta asfalten diskuterade meningen med livet som sådant samt avståndet mellan vara och hopp. Detta är, i ärlighetens namn, en faktor som alltför ofta förbises. Den lilla tobakshandlaren vid tunnelbanan var dygnetruntöppen, så vår mystiske mörkklädde man som gick under namnet Rogers-Kamberg köpte en DN för att ha något att bläddra i då han väntade på sin kontakt på det Österrikiska Café Kärnten, hans favorittillhåll i trakten. Rogers-Kamberg, den typiske revisorn, om sådana finnes, vek papperet rätt för att få en limpformad pappersbunt att bära på, och korsade den fuktiga gatan till sagda café. Han var känd hos ägare och personal då han bevistade inrättningen minst tre gånger per vecka och drack kaffe.

"Herr Rogers-Kamberg, ett sant nöje! Vad kan vi göra för er denna fuktiga afton?" Ägaren, en man känd under namnet 'Errol' borstade bort ett fiktivt dammkorn från armbågstrakten på gästens rock. En av servitriserna drog ut en stol vid ett bord hon visste Rogers-Kamberg föredrog. Vår vän närmade sig bordet och sa

"Bara kaffe, svart, tack" då han satte sig ned och började veckla ut tidningen.

"Kommer på en gång, herrn!" Servicen var alltid ypperlig på Café Kärnten. Ägaren såväl som personalen var faktiskt Österrikiska, från Bundeslandet Kärnten, nära italienska gränsen. Ett landskap känt för sina hårt arbetande och kreativa invånare, samt sin ypperliga matlagning. Errol hade drivit restaurang i den lilla staden Bleiburg, känd för sitt fina Werner Bergh museum och sin vackra stadskärna i sekelskiftesstil som genom åren lockat många fina konstnärer och politiker. Errol kände att han ville ha lite äventyr i livet och sålde därför allt han ägde och gav sig iväg till Stockholm i det lilla nordliga landet Sverige för att starta från noll, som det kallas. Vår vän Rogers-Kamberg hade varit bekant med Errol i Österrike på 80 talet, och hjälpte sin vän hitta ett lämpligt café att investera i.

Tidningen var fylld av de vanliga mindre intressanta nyheterna. Mestadels politik. Vår vän bläddrade snabbt till finanssektionen. Där syntes ett flertal intressanta skeenden på börsen. Fluktuationer gjorde alltid Rogers- Kamberg intresserad. Under senaste dagarna hade ett internationellt fraktbolag med säte i Wien, Haider Kellner GMBH, plötsligt stigit sju punkter. Vår vän ringde ett samtal och lade in en substantiell summa på Wien börsen.

"Bra, nu kaffe." Han var alltid i ögonblicket, den gode Rogers-Kamberg. En sann förebild vad gäller autenticitet.

I ett närbeläget rum, plockade en man av mindre autenticitet men betydligt ondskefullare i ordning sin portfölj och en ljus Burberry Trenchcoat för den korta promenaden till caféet.

"Jag går, Jean. Ta hand om posten och ordna meny för aftonen. Jag är tillbaka om två timmar." Mannen, känd som 'direktörn', tog på en mycket trevlig Bowler Hat och grep tag i ett svart paraply ur stället vid dörren för att sedan lämna våningen. Jean stängde dörren, en Wilkins Heathcliff, efter sin arbetsgivare samt begav sig till kontoret i syfte att hantera posten och förbereda aftonens meny. Mycket diskret jazz kunde höras i våningen. Högtalarna, av yppersta kvalitet, var inbyggda i väggarna för att inte distrahera eller störa harmonin i våningen. Direktörn äntrade hissen för att ta sig till gatuplanet. Något mindre kultiverat element hade uppenbarligen brukat sagda hiss nyligen. Där svävade en mindre angenäm doft som definitivt inte var Creed. Mer svettig hund, eller liknande.

"Kära nån. Vissa människor..."direktörn tryckte på knappen för gatuplanet med sin käpp. Han skulle aldrig låta sitt finger eller sin läderhandske från Charles de Paris vidröra en knapp någon med lägre än acceptabel nivå av förfining eventuellt kunde ha vidrört. Vissa må kalla honom pedant. Må så vara. Det finns pedanter och andra pedanter. Ibland rättfärdigas medlen av omgivningarna. Inte så att området kring Kornhamnstorg var dåligt eller så, det är nu bara en gång så att det finns folk och det finns folk. Vissa kan vara helt ok, så länge man höll ett visst avstånd. Vissa grannar påkallade helt enkelt ett visst avstånd.

Trottoirerna var tämligen fuktiga. Nästintill våta. Det hade nyligen regnat. Direktörn gick aningen varsamt i syfte att undvika att kliva i pölar av sagda vatten. Han såg caféet därframme, och tog fem raska steg för att nå sin destination, tog fram en lätt linnenäsduk ur sin vänstra trench coat ficka och torkade av dörrhandtaget samt sina skor. Plötsligt öppnades dörren och en dubiös individ passerade förbi.

"Ledsen, kompis. Ingen skada skedd, eh!" ropade figuren och försvann bort längs gatan. Vår vän direktörn skakade på huvudet och tänkte att vissa individer skulle hållas borta från civiliserade sammanhang.

"Sir!" Vår vän Rogers-Kamberg var ett dygdemönster av tjänstevillighet och guidade Direktörn mot ett bord.

"Rogers-Kamberg, hiskeligt väder. Nåväl, nu är vi här och borde kunna få litet uträttat. Kaffe tack." Han antydde kaffekannan på disken. En av servitriserna nickade och tog med sig en kopp svart kaffe. Rogers-Kamberg tände en Gauloises och direktörn en Habanero. Scenen var redo för lite riktigt arbete.

Vid samma tidpunkt stannade en bil vid ett postkontor i sydfrankrike. En mycket diskret medlem av den lokala konstnärskolonin, en viss Jean Luc Goddarde, bar ett paket inslaget i papper framställt från ett mycket speciellt sydamerikanskt träslag. Paketet sändes per omgående till en person boende vid Kornhamnstorg i Stockholm, Sverige. Därmed sagt så mycket som att saker skedde, och löften hölls.

Korridorerna var i stort desamma. Våra hjältar hade berest hundratals vid det här laget. Företaget ™ här endast känt som Företaget var omfattande. Det var en organisation med rötter i Europa under det stora kriget. I likhet med flera grenar av dess föregångare, Tempelriddarna, hade det funnits i bakgrunden av samhället under lång tid. Detta allomfattande företag hade ett enda syfte, håll i hatten; att digitalisera den kända världens alla nationer under Företaget ™s överinseende. Allt som resultat av en plan nedskriven av en österrikisk greve på 1920 talet. Världen hade ingen aning om vad som höll på att ske. Förutom ett fåtal personer. Elvis och Chlôe var två av dessa. De hade en vag aning om att nåt var på gång, och de kände till korridorerna. De visste inget om planens ursprung eller syfte. Även om de vetat hade de varit maktlösa i relation till det som höll på att ske.

"Hur är det, Chlôe?" Elvis såg på Chlôe och rörde vid hennes axel. Hon stannade för att känna efter hur hon kände inför varat.

"Ah, ganska ok, för att vara ärlig. Lite matt av att gå, vi borde kanske se oss om efter en restaurant eller liknande och ta lunch?" Hon tittade åt bägge hållen om det fanns en inrättning av sagda natur i närheten. Elvis höll med om att det vore trevligt med lite paj, eller en bacon sandwich eller liknande.

"Mm. Låter utmärkt. Låt oss stanna vid nästa ställe vi ser och ta nåt trevligt. De vandrade vidare i korridoren, och snart dök en restaurang upp baserad på deras gemensamma idé om en trevlig lunchrestaurant. Den var som tagen ur en 50 tals resebroschyr. På en neonskylt över entréen stod 'Blue Parrot' att läsa. Där fanns även en bild av en blå papegoja som kisade in i solnedgången.

"Se, där verkar vara en trevlig restaurant." Sa Chlôe och pekade på neonskylten.

"Ja, den blir bra, vi provar den." Elvis öppnade dörren för sin dam. Alltid en Gentleman. De gick in på the Blue Parrot. De varken anade eller insåg att detta skulle medföra några av de underligaste äventyr de någonsin upplevt. Den som eventuellt läst de tidigare böckerna i denna serie förstår att då är det verkligen underliga saker på gång. Ut ur skuggorna äntrade en servitris de bägge kände som Lola scenen från vänster. Ett antal röda stolar med tillhörande gräddfärgade bord växte fram ur dimman.

"Välkomna. Blir det här bordet bra?" Servitrisen pekade på ett gräddfärgat bord som nyss växt fram. "Sätt er så kommer jag med menyer." Lola var, som ni vet, ett hologram. Hennes person lika perfekt som allt annat i den här 'världen' var skapad av företaget här endast känt som Företaget ™, vid en av deras belgiska baser. Allt styrdes från Österrike. Detta var inte viktigt just nu, men det fanns tecken som avslöjade det österrikiska ursprunget, synliga bara för kodmonstren på andra sidan webben. Det fanns enorma hallar med servers av märket 'Heidegger Dönitz gmbh', som i sitt inre höll operativsystemet, och de olika världarna skapade utifrån användarnas mentala bilder. Luften var perfekt konditionerad i restauranten. En blå papegoja i bur kunde ses vid en lädersoffgrupp och ett litet bord utrustat med askkopp, bokhylla med flera av de viktigaste arbetena inom existentialismen. Den perfektion som var Lola dök snart upp med menyer och sallader till entré. Ljudet från pianisten till höger bidrog till att höja stämningen. 5/4 takten i 'On Time' skapade något drömlikt. De konsulterade menyn och enades att satsa på B&W Stek med Sparris och Fries. Till detta en trevlig Beaujolaise Noveau.

"Utmärkt val. Tillbaka om ett tag. Njut under tiden av sallad och Jazz."

Pianisten hade ypperlig kontroll över kontrapunkts arrangemanget av baslinjerna. Elvis var i himlen. Chlôe var någonstans nära honom, kände han.

"Det här är bra," sa hon, "visst är det?" hon pekade mot flygeln och bokhyllan. Elvis höll med. En plötslig poesirecitation gjorde det hela om möjligt ännu bättre. Bartendern, Stig, nickade åt våra vänner och dammade av bardisken med sin trasa. Elvis rörde vid sin dams hand och avnjöt poemet. Det handlade om krocken mellan tid och vara som sådant.

"Ljuset. Det fuktiga sidenet
Vi kysser evigheten men krymper
Du vidrör varats kärna
Men jag tvivlar ändå
Mörkret anländer
Intet, jag hyllar dig"

En rörelse slukade deras varan. Det var tiden som åt deras gårdagar. Ljuset i Chlôes ögon sken magiskt.

Tid passerade. Om nu tid kan sägas passera. Den smög runt ett hörn av morgondagar och gömde sig bakom ett blekt minne av en natt sedan. Tiden var speciell, då den spenderade sig själv jagande sin motsats, 'intet'. Den lånade bitar av sig själv för att utplåna intet av tomma ögonblick. Som en katt jagandes sin egen skugga, om ni så vill. Den kunde aldrig vinna, aldrig fånga intet. Så snart den kom nära det intet den ville äta fylldes detta med syfte och vara. Man kan säga att tidens lopp förintade intet och gjorde det till något. Den fyllde det med vara och intet fann sin autenticitet. Det 'blev'. Allt som blir är. Ögonblicket av vara var dock kort.

I det ögonblick tiden såg bort, vände sig till andra verkligheter, intet ändrades från fyllt av vara till tomt på detsamma. Intet skapade, konsumerade och negerade all sin inneboende vilja att vara. Tid skaparen och tid destruktören. Medan Elvis och Chlôe beskådade poeten som illustrerade detta, kände de nån typ av kyla tränga sig på. Det var verkligheten som störde, men bara för en kort stund. Våra hjältar noterade en dörr i bortre änden av restaurangen. Den öppnades ett par gånger under måltiden. Ett antal individer i mörk kostym och polotröja passerade in och ut. In och ut från vad? In i det okända? In i ett bakre rum? Ut från existensen, in i avsaknad härav? Vem skulle möjligen kunna veta? Nåja, jag vet. Jag är det gudalika beläte för vilket allt avslöjas. Dörren var inget mindre än en portal ledande från Holovärldens nivå tre Korridor A#39 till en djupare nivå, nära centrum av kärnan. Zon Zero. Där rådet, vilket höll det förflutna såväl som framtiden nära sin avsikt och sitt syfte. Den enda plats där existensen kan sägas vara allsmäktig. Om en GUD någonsin funnits, kan detta råd sägas vara denna GUD. Skulle för alltid vara det. Jodå. Rådet gjorde allt det där de troende trodde GUD gjorde. Man kan faktiskt säga att de uppfann GUD. Om vi återvänder till tiden före de Romerska bosättningarna i dagens Israel, en morgon gick en herde vid namn Joshua in i en grotta och letade efter ett bortsprunget får. Joshua hittade det som tusentals år senare skulle kallas 'dödahavsrullarna'. Pergamentrullar gömda i förseglade lerkrukor. Dessa rullar var manuskriptet till det som senare skulle komma att kallas Gamla Testamentet. Den ursprungliga Bibeln. Dessa skrifter erbjöd Joshua, och senare hela världen, en förklaring av existensen. Åtskilliga ledare och lärde byggde ideer kring varat och existensen på det som diskuterades i dessa texter. Prästskrået inkorporerade snabbt skrifterna i sin egen idevärld som rättfärdigande av sakernas tillstånd. Varför vissa var fattiga. Varför prästerna hade makten. Se där, det hade du inte räknat med, eller? Att världen som vi känner den skulle förklaras i denna bok? Självklart hade du inte det. Men folken i världen räknade med att få förklaringen från en hög gamla pergamentskrifter. De trodde, för de som inte trodde det blev stenade till döds. Deras grannar uppfann en annan gud, för de ville inte vara sämre. Även de stenade och dödade dem som inte trodde. Där ser man hur farliga böcker kan vara. Det hemliga samfundet vilket idag är 'Rådet', grundade en Orden, Tempelriddarorden, för att sprida ideerna de hade planterat i en grotta nära Döda Havet. De spenderade tusentals år på att styra tankevärlden hos dina såväl som mina förfäder. De skapade en bakgrundshistoria till verkligheten som skulle vara till hjälp att hålla folk upptagna med att leva en lögn medan Rådet skapade sitt hemliga nätverk av korridorer mellan universums mest avlägsna ändar.

"Notera fönstren och den där dörren därborta." Elvis pekade med sin serviett, vilken var rullad till en rulle av onödighet. Precis då, men ungefär 375000 kilometer bort, tittade en varelse, ett vara av den högsta graden, på en församling som samlats för att ära det stora 'Intet'. För att fira Nihil. Rådet skapade en hel massa korridorer för att länka meningslöshet till brist på syfte. Elvis hade ingen aning.

Kapitel 4

En viss fluktuation i väven, webben, kunde noteras medan en plötslig vilja för Res Extensa bevisades alltför närliggande för att tas på allvar. Norrskenet flackade över det som representerade himlen över Sibirien. En viss Ljubkov, Marinov, visste att tiden var knapp och skyndade sig till sitt möte. Gatljusen var av den gamla - 47 - modellen. Socialistrepubliken hade prioriterat andra saker. Mestadels vodka och kärnstridsspetsar. Vår bekant, Sr Ljubkov, hatade socialistrepubliken. Detta var väl känt av sagda republik. Ett flertal personer inom hemliga polisen hade försökt knyta Ljubkovs person till subversiva aktiviteter, för att få honom omhändertagen utan frågor eller svar. Ljubkov var väl medveten om detta och gjorde sitt yttersta för att hålla sig i 'skuggan'. Gränden på gatan, där två spöken planerat att mötas, var mörk och diskret. Skuggorna erbjöd skydd mot uppmärksamhet. Två glödkulor från cigaretterna vandrade fritt i mörkret. Två röster diskuterade publicering av en pamflett kring högerpolitiska ideer och friheten som ideal.

"Vi kan hjälpa till med leverans av papper och bläck för trycket." Mannen, en viss Granjes, gestikulerade med cigaretten i mörkret.

"Bra," sade Ljubkov, "jag har källorna digitalt och klara inom 36 timmar." Deras figurer ångade i den kyliga natten. En bil passerade på gatan. Bilen var en Tatra, inte känd för sin höga kvalitet. Bilens rutor var mörka. Ingenting inifrån det monstruösa fordonet syntes. Ljudet av hjulen som rullade på den våta gatan gjorde en fotgängare nervös. Han hade varit utsatt för myndigheternas utredning förra hösten och visste mycket väl vad ljuden av en Tatra som närmade sig kunde innebära. Hans vänstra fots avsaknad av naglar var ett minne av den tiden. Fordonet passerade lyckligtvis förbi utan att stanna och försvann i fjärran. Fotgängaren försökte sänka sin puls. Vissa hade lärt sig kontrollera kroppsfunktionerna, kunde nästan få hjärtat att stanna under relativt långa tidsperioder. Vår vän var inte en av dessa. Han hade nästan ingen kontroll på puls eller andra kroppsfunktioner. Detta hade vid tillfällen visat sig mindre bra. Vid möten med myndighetspersoner, till exempel. Nu var han våt av svett och nervös. Hans fru, den likaledes nervösa Ana-Beta, noterade detta och sade

"Har det varit en besvärlig dag? Kom och sätt dig så ska jag göra middag." Hon var mycket vänlig och ville att allt skulle vara trevligt, om möjligt. Sergei, mannen, sade ingenting. Han var inte särskilt snäll. Inte så att han var otrevlig i biblisk mening, nej, han var bara otrevlig som sådant. Av någon anledning hade Ana-Beta känslor för det sociala aber som var Sergei. Han var ett vrak. De hade mötts vid den lokala fiskmarknaden. Hon hade noterat hur han hämtade sin månatliga ålranson, och försökt inleda en konversation om grillad ål samt rödbetsmarinerad kål. Han svarade surt helt i enlighet med sin sura personlighet.

"Jag brukar steka bitarna i vodka." Han var ingen kock direkt, Sergei, men han kunde sin vodka. Ana-Beta föreslog att han skulle komma förbi på middag. Detta var det vanligaste sättet att lära känna folk i Sverdlovsk. Middag och vodka. Eller bara vodka. Så blev vårt sibiriska par just ett par, som man säger. Ana-Beta hade väldigt liten erfarenhet av män, så hon var inte medveten om vilket dåligt val hon gjort. Sergei visste ännu mindre om kvinnor. De var i sanning ett perfekt par. De skulle förbli okunniga om att deras förhållande var på väg mot katastrof. Att en viss korridor dök upp i en gränd och att två personer försvann framför hans ögon skulle negativt påverka Sergeis mentala hälsa, som skulle bli ifrågasatt och hans relativt fragila relation till Ana-Beta skulle skakas i sina grundvalar, som man säger.

Under tiden skulle en utsökt middag komma att serveras vid en restaurant kallad #42 någonstans långt borta på en liten planetoid nära en av de minst anmärkningsvärda stjärnorna i Orion. Lammet var utsökt. En sås från någonstans nära en måne kallad Zip 37 fick det att vattnas i munnen på Eldridge Buttnock. Lödder formades runt en vaktmästares hals. En serenad kunde höras från det mörka hörnet vid flygeln. Elvis och Chlôe avvek för den fortsatta promenaden mot ett öde de bägge visste med lätthet hade kunnat pratas bort, vilket hade varit fatalt och därför inte kunde komma på fråga.

"Se, älskling, där är den där skylten där framme. Vi har varit här förr." Så sant. Ungefär tvåhundra meter till höger om restaurangens entre syntes skylten som talade om att det universella biblioteket och Montmartres fiskmarknader låg där.

"Ja, jag minns promenaden från Place Pigalle och metron." Hon log och höll hans hand. De var på väg. Vad nu ödet, eller rådet, planerat för deras omedelbara framtid. De hade en vag aning om möjligheterna, vilket gjorde det hela lite mer lätt att hantera.

Planen var att introducera nya processorer, de senaste octa kernel Elemere Ottomats för hallarna på Bedevere 6, datastationen. Zed Lipp, en av underhållsdistributörerna på våning 73 visste inget om detta, och under sin färd från de belgiska kontoren till Bedevere 6 stannade han till och med på Cafe Flores för en snabb Cafe Creme innan hissen till transport funnlarna. Han använde sina omfattande kunskaper kring tvättmedel och borstar för att få vänner på cafeer längs korridorsystemen. Han kände de två hologrammen Stig och Lola väl. Om man nu kan säga att ett hologram känner två andra hologram. Vilket för oss till en mycket aktuell punkt. AI. Datoriserat resonerande. Artificiell intelligens. Rådet hade utvecklat AI till perfektion. Nuförtiden är det verkligen svårt att skilja på hologram och äkta vara. En viss Dr Bieberkopf i Salzburg hade kommit långt vad gäller att utradera gränsen mellan de två. Personlighet hade introducerats och Holo Personernas 'Sinnen' hade börjat utvecklas på individuell basis. Evolutionen hade trätt in på ett nytt område. Samtal fördes för närvarande inom ett flertal administrativa sektorer rörande medborgerliga rättigheter för AI befolkningen. Det som en gång bara varit en tryckning på en omkopplare hade nu tagit upp ett helt set nya juridiska frågeställningar. Advokater började specialisera sig inom fältet. Civilrättsliga grupper startades till stöd för elektroniska livsformer. Zed

Lipp var en av de ickemänskliga anställda inom företaget här endast etc. Hans existens var som din eller min. Han hade känslor som du och jag. Han hade en dröm att en gång få starta en egen familj. Han såg sig själv som vilken annan person som helst som utgjorde kollektivet som byggde den organisation som höll hjulen rullande och förvandlade Rådets planer till verklig illusion. Electro Module Sub Transporten stannade vid plattformen. Zed tittade efter en vagn med mindre folk, och såg en där framme med mindre trängsel vilken han klev in i. Faktum var att förutom honom själv fanns där bara en annan person. Han valde en stol nära dörrarna och satte sig. Redo för tjugo minuters transport. Han läste CentralPosten, Företagets lokala blaska. Ingenting särskilt att läsa. Han såg sig om. Den andre passageraren flyttade sig lite närmare. Utanför vagnsfönstren svepte den digitala tunneln förbi. Segment för segment. En röst från det inbyggda högtalarsystemet sade något om nästa hållplats, och 'Mind the Gap'. Den andra passageraren försökte starta en konversation med Zed. Trots att han bara var en AI var det svårt för Zed att relatera till andra entiteter av humanoid AI typ.

"De här resorna är värst." Kväkte den andra passageraren med sin udda, anklika röst. Zed var tvungen att hindra sig själv från att skratta högt. Han harklade sig lite och låtsades hosta för att undvika att förolämpa den anklika.

"Ja, hemska." Sa Zed. Han inspekterade en andra entiteten, och såg en medelålders tjänsteman typ, klädd i mörkblå kostym, svarta skor och hornbågade glasögon.

"Neil Ponte." Sa entiteten. "På väg till hallarna för info

om de nya kärnorna." Han sträckte ut en hand för handskakning.

"Zed," sa vår vän, "samma här. Hoppas det är en snabb affär." Zed skakade ankans hand och torkade omedelbart av handen med en serviett han hade i fickan för denna typ av skeenden. Neil Ponte förklarade att han/den nyss tvättat händerna. Zed såg på Ponte som om denne i sanning var en galning och vände sig helt sonika åt andra hållet. Zed var sociopat. AI hade utvecklat sina egna mentala åkommor och Zed var allergisk mot andra instanser av vara. Neil Ponte var en EA43/712, senaste programmet från den italienska grenen i Palermo. Den var mycket lättillgänglig, och avnjöt gärna ett mål med goda vänner. Hur kunde det komma sig att enheten bredvid denna var på väg att utveckla ett fullständigt vansinne och reagerade med näst intill okontrollerbar ilska under press? Ni kanske börjar förstå hur komplext livet bland dessa senare additioner till varat kunde te sig. Man ska komma ihåg att även om dessa instanser var avancerade, så var de ändå maskiner. Trots att Jazz hade lagts till deras tankebanor fastnade de ännu på småsaker en bioperson intuitivt hade klarat reda ut. Om den inte var galen då, förstås, vilket ett antal var. Är. Kommer att bli. Jag är. Du är. Han hon den det. Är. Galen. Inuti Zeds centralprocessor hade ett Z73/c chip kraschat. Ingen visste detta. Neil Ponte, vår trevlige italienare, skulle snart inse detta, och det skulle påverka den historia du nu läser. Zed reste på sig, slog Neil Ponte över huvudet med sin portfölj, och då dörrarna öppnades vid nästa station kastade han av den/det. Helt sonika. Ett fåtal passagerare i andra änden av tåget såg detta, och verkade lite oroade, men bestämde sig för att det inte var deras sak.

Detta, käre läsare, har varit mitt minne av händelserna som kom att leda till en AIs död på sin, dess, väg till de centrala hallarna en Oktobermorgon. Existensen blev en aning mer komplicerad, och Zed utvecklades till en fullvärdig psykopat.

Elvis klev in på kontoret bärandes på sin pålitliga gamla portfölj, en Wellington Debrief. Den tidiga modellen. Alligatorimitation. Ett system av linjer i ett stort antal färger målade på golvet och ledande till de olika avdelningarna var applicerade. Vår hjälte följde den pannkaksfärgade linjen till Internationella kontakter och Allmänna Tillkännagivanden. En sekreterardisk vid avdelningslobbyn verkade vara den uppenbara platsen att vända sig till för ytterligare instruktioner. Elvis närmade sig disken och sekreteraren, en viss Mme Lougarde, inspekterade honom över kanten på sina sköldpaddsfärgade hornglasögon.

"Ja?" hon tickade med pennan mot skrivbordet. "Har ni bokat möte?" hon verkade lite spänd. Elvis försökte ge ett samlat intryck.

"I sanning, madame. M. Lafontaine vid 2.45." Han gjorde sitt bästa för att låta trevlig.

"Ah. Mr Karlfeldt. Sitt ned. M Lafontaine hämtar er inom kort." Sekreteraren, som verkade mycket torr som person, så torr att hon verkade suga upp all fukt i rummet, använde en linjal och pekade på en soffgrupp vid några tidningsställ och ett bord. Där verkade även finnas en kaffemaskin.

"Tack," sa en förvirrad Elvis, "ser trevligt ut." Han gick bort till soffan och satte sig. Efter ett tag bestämde han sig för att testa kaffet, då han hade sju minuter till övers. Sekreterarpersonligheten noterade att han var på väg mot maskinen.

"Nej. Det skulle jag inte göra om jag vore ni." Sa hon med en häströst. "Den maskinen är inte pålitlig." Hon såg allt som hände i hennes rike. Det var inget fel på maskinen, en 'Coffeemate Vendor #42™, men ledningen hade avslutat underhållet av maskinen. De hade bestämt att folk var otrevliga, och varför skulle de bjuda dem på kaffe? Nåja, Elvis brydde sig föga. Han såg en skål med frukt av olika sorter, och en med Bassett lakritskonfekt. Han tänkte prova ett äpple, och sträckte sig mot frukten. "Frukten är artificiell. Mestadels plast. Ät den inte." Sa en manlig röst från en dörr till vänster.

"Lafontaine. Ni måste vara Karlfeldt?" M Lafontaine skakade hand med vår hjälte, som tyckte det verkade vara en trevlig person.

"Ja, Monsieur, angenämt." Elvis samlade sig och sin portfölj från soffan och reste sig för att följa sitt bokade möte.

"Följ mig bara över hallarna så ska vi nog organisera oss." M Lafontaine, eller Jean Luc, pekade ut vägen och de gick via en labyrint av hallar och korridorer. Ett dolt högtalarsystem erbjöd easy listening Jazz inom kontoren och korridorerna. Allt var exakt som det skulle. Elvis var lite nyfiken med anledning av mötet.

'Jag undrar vad det handlar om?' tänkte han. 'De kanske behöver filosofisk vägledning?'

"Här, herr Karlfeldt, Entres Vous." M Lafontaine öppnade en lättare dörr till ett litet kontor. Inte mycket mer än en cubicle, men där fanns en dörr att stänga, och ett tak. Elvis gick nickande in och satte sig i en stol som lämnade en hel del i övrigt att önska. Det var en gräsligt grön stol. Det finns gröna stolar som ser trevliga ut. Det finns gröna stolar inför vilka man förblir likgiltig. Detta var ingen av de typerna. Det var en ful stol. Den var designad att vara obekväm. Varför? Hör jag dig fråga. Nåväl, man kan tro att ett företag som företaget här endast känt som Företaget skulle vilja att dess besökare och klienter avnjöt sin tid inom dess väggar. Icke så. Rådet hade satt upp riktlinjer för kontorsdesign. Höjd på rummen. Färg på väggar och inredning. Design på varje detalj inom dess omfattning. Stolarna var formgivna för att vara obekväma av den anledningen att ledningen ville begränsa besökarnas tid på kontoret till mindre än 25 minuter. Allt del av det stora hela; snabbt in, snabbt ut. Få nåt gjort. Effektiva procedurer.

"Allt väl?" Lafontaine plirade mot Elvis som nickande antydde att allt var bra.

"Ja, jag anlände via gröna linjen för en timme sedan. Jag fick denna portfölj och några dokument. Arken var alla tomma. Jag undrar om ni ville vara så vänlig informera mig om naturen av detta möte. Rör det de nya processorenheterna?" Elvis, vår filosof bokantikvarie vän, hade hört något om interna processer i kärnorna som överhettat och företeelser lämnade oåtgärdade i bakvattnet av ett existentiellt trauma i AI produktionsenheterna.

"Något liknande, ja.." M Lafontaine såg oroad ut. Han

flyttade en bunt papper till en annan korg på skrivbordet. "Vi har försökt organisera en uppföljning för att spåra källan till problemet. En viss Delarue har kommit till slutsatsen att vad vi har framför oss är inget mindre än en potentiell framtida härdsmälta i kärna 17s relativitetssektor. Det rör en av kärnorna under starkt tryck att distansera sig från personlighetstillväxten i den nya AI linjen som ska släppas i Augusti." Han sträckte sig efter en pärm och hittade ett pm rörande ärendet.

"Se här. Ledningen har prioriterat ärendet." Han pekade på sektion c37 i dokumentet. Det hade uppenbarligen varit uppe under ett möte vid centralkontoret, och åtgärder hade beordrats. Ett förslag hade varit att använda herr Karlfeldts omfattande kunskaper kring existentialism för att resonera med källkärnan, där framtida avledningar utvecklades och där alla riktlinjer för AI personas skissades. Kärnan i fråga var den mest avancerade AI i bruk. Möjliga frigående AI var ett allvarligt problem. Elvis tänkte över iden om en framtid där AI på flykt kunde utveckla sina egna regler och riktlinjer. Han tyckte inte det minsta om den tanken.

"AI är intressant, men måste hanteras försiktigt," sa han, "eller det kan sluta illa." Hans värd, en AI av kontorist/sälj modell, höll med.

"Så är det. Det finns gränser för vad som kan tillåtas. Jag har min säkerhetsbrytare trådlöst ansluten till styrningen. Förrymda program utan säkerhetsbrytare är farliga. Vi har inga bevis, men har noterat fluktuationer i de Cerebrala/Neurala nätverken i processorn som indikerar att något är på gång i de neurala skugglandskapen. Vi är oroliga.

En intervention har godkänts. Då vi hört bra saker om din förmåga att konversera AI på hög nivå, multifacetterad existentiell riktning, beslutade vi erbjuda dig denna möjlighet att lära känna vår problematiska kärna." Lafontaine öppnade ett kuvert innehållande en engångskod och bad Elvis konsultera dokumenten i portföljen. Elvis sa att de var helt tomma senast han såg dem.

"Ja, men nu, då vi verkar vara överens och du mest troligt vill veta mer om ditt uppdrag, clearade jag dig precis till kärnnivå, så se efter en gång till."

Elvis öppnade portföljen då Lafontaine skrev in koden på ett keyboard på skrivbordet. Plötsligt hände det saker. Papperena lyste upp. Ljudet av almlöv i en bris kunde höras.

"Wow," sa Elvis, "jag ser." Plötsligt dök bokstäver och tecken upp på dokumenten. Där låg tre mappar. En märkt 'undersökning', en 'åtgärd', och en tredje hade ordet 'försiktighet' tryckt på sig i rundade, azurfärgade bokstäver.

"Där hittar du alla nödvändiga instruktioner för uppdraget. Åh, och vi vill att du fyller i blanketten, A 38#2b, och lämnar i receptionen på vägen ut. Det är en friskrivning. Juristerna vill att vi har kontaktuppgifter till närmsta släkting att kontakta om något händer, och en del annat. Din säkerhet ligger helt på dina axlar. Lönen är hög, men din säkerhet är ditt eget ansvar." Företaget var sannerligen en existentiell organisation. Det var inte för intet som varje chef, från lägre mellannivå och uppåt, fick ett exemplar av Varat och Intet, och ett av Varat och Tiden. Dessa verk representerade kärnkunskaperna som förväntades av varje chef för alla signifikanta operationer inom företaget. I styrelserummet, där man förväntade sig ett porträtt av Ordföranden, fanns bara ett porträtt av Jean Sol Partre, han var mental verkställande direktör. "Jag ordnar det och lämnar det på vägen ut." Sa Elvis. "Är det något mer vi bör diskutera eller kan jag dra mig tillbaka till något bibliotek och konsultera dokumenten? Oh, och när ses vi igen?" Elvis samlade ihop sina föremål och gjorde sig redo att lämna kontoret.

"Låter excellent," sa en aningen upprörd Lafontaine, "tänk inte på det, tänk inte på det..." AIn hade inte börjat svettas än, men de blev upprörda, nervösa, irriterade och ibland t o m arga.

De skakade hand och Elvis lämnade rummet, fyllde i blanketten och lämnade den på sin väg ut. Det hade varit ett intressant möte och han var nyfiken på uppdraget. Dörrarna stängdes bakom honom med ett Schwoop ljud som var typiskt för en Everest 37b/Wingham, samma dörr som användes i kärn-hallarna som skulle bli Elvis nya arbetsplats. Existensen kände att den skulle spela huvudrollen ett tag och sände ett 'Hej' till Elvis. Elvis visste inte hur sådant var tänkt att fungera men sände en tanke autentisk absolution till gensvar. Detta gjorde existensen en aning intresserad och var kanske en bra start på ett långvarigt förhållande.

Elvis log.

Den sorgsna och ensliga idén kring ett sinne i sig kom på något sätt flytande i samma korridor vår hjälte promenerade i. Idén som solipsistiskt för sig själv, överspände ändå samma universum som andra idéer, sinnesstämningar och, ja, 'fragment'. Inom området Holografiska varan och inuti 'universat' skapat av Rådet, var krockar mellan vilja och avsikt gentemot hopp och res extensa oundvikliga. Elvis var en människa som kodats av personal vid det belgiska kontoret. Hans kärnpersonlighet var densamma som alltid. Detta var fallet för de flesta av de entiteter som flöt runt i korridorsystemet. Idéer, antingen i harmoni med OSets intentioner eller vid tillfällen det absolut motsatta, var en sidoeffekt av den senaste tidens harmonisering mellan pixelvärlden och senaste utvecklingen av AI sektorn. Automationen av identitetsskapande och individualitet som norm. Den idé som kom flytande bredvid Elvis var en som upptäckt sig själv och var upptagen med att bygga gränser mot omgivningen. Den var mycket existentiell. Såhär resonerade den: 'jag är något. Detta vet jag för att jag tänker. Jag misstänker att det kan finnas andra instanser av vara, utanför mig. Detta kan jag dock aldrig veta, bara misstänka.' Detta visade hur långt Jag generationen inom AI hade kommit. Varje instans av vara utvecklade numera ett ID, ett jag, vara istället för enbart existens. Elvis kunde känna idèn röra sig för sig själv. Han valde att istället fokusera på den Jazz Cool som strömmade ut från dolda högtalare någonstans i väggarna istället. Promenaden mot centralhallen var tämligen trevlig. Små cafèer låg utspridda efter vägen, jazz, han mötte ett par andra filosofer, och läste lite Partre, den franska existentialisten. Allt sammantaget var det en trevlig promenad. Idèn hade fått en ny vän. De två, Elvis och idèn, spenderade en del tid tillsammans den eftermiddagen. På så sätt kom Idèn att lära känna vissa av Heideggs fragment av skrifter kring existensen. Idèn ansåg att livet, eller existensen som sådan, var intressant men en aning komplicerat. Den bestämde sig för att ta en tupplur. Elvis tyckte det verkade vara en ypperlig idè, och använde tiden till att underhålla några av sina egna idèer kring ansvar och den totala frånvaron av hopp som sådant. Han närmade sig hotellkvarteren runt processorkärnorna. Plötsligt skiftade hologrammet och blev antikens Alexandria. Med akademin och biblioteket inte förstörda av vildarna. All den då kända vetskapen samlad under ett enda pixelerat tak. Elvis var i himlen. Han såg sig själv reflekterad i en damm, och noterade att han bar toga.

"Excellent," viskade han, "jag går till biblioteket och läser lite filosofi. Seneca." Han var som fisken i vattnet. Idèn fann en kämpande monolit i ett hörn av Varat och Intet, och satte sig i dess knä för att höra tiden passera förbi på väg mot glömskan. Ett plötsligt minne av en föreläsning skapade linjer av väntan och uppbrott från det förflutna. Partre kunde ses vid bortre änden av processorhallarna. Elvis insåg att detta skulle bli mer än intressant. Ett diskret väsande hördes från kylsystemet. Man hade haft smärre problem under den gångna veckan. Delar av ventilations-och kylsystemet hade strejkat, i försvar av sitt individuella vara, hävdande oberoende från kärnor och processorer. Det krävdes tre engagerade talare för att övertyga delarna att de inte skulle göra något alls, minst av allt existera, om de inte fullgjorde sina sysslor gentemot ovan nämnda delar av AI som sådant. Ventilationen var nu i ordning, och fläktarna - Electro Harmonium 37 a/3.2 - gjorde sitt jobb. Ljudet var mycket förtroendeingivande. Elvis konstaterade

"Jepp. Kylsystem och Ventilation. Tecknen på att seriösa affärer fortskrider." Ända sedan sitt första jobb, som kontorist på ett utbildningsföretag för utländska studenter, hade han hyllat vikten av kyl- och ventilationssystem.

Hotellet var en perfekt holografisk kopia av ett av hans favorithotell i centrala London, ett par hundra meter från Oxford Station. Han reagerade på att först vandra i antikens Londinum, för att inuti byggnaden plötsligt vara i dagens London.

"Enda sättet att fly Intet är att adoptera autenticitet och acceptera sig själv totalt, med alla fel och brister ursäktade." Partre var verkligen igång. "Det är på och inuti omfattningen av det individuella jaget som tyngden av frihet som sådan ligger. Ansvaret för varje handling, medveten eller ej. Friheten är obligatorisk, och kommer till ett mycket högt pris. Att försöka undvika den är ännu värre, för att undvika friheten och vända ryggen mot autenticiteten är att förneka verkligheten och vända ryggen mot sanningen." JS var i extas. Publiken tjöt. Säkerhetsavdelningen hade ett tufft jobb att hålla publiken borta från scenen. Elvis tänkte att hotellet var ypperligt. En reparatör stod på en stege utanför hans rum. Stegen stod rest i en trappa. Det verkade livsfarligt. Elvis var tvungen att be mannen flytta stegen för att ta sig in på sitt rum. Mannen mumlade något om 'folk nuförtiden' men avslutade dagens stegsession trots allt. Till och med här inne på hotellet kunde Elvis känna närvaron av något större än livet. Det var existentiella resonemang lössläppta av Rådet i syfte att genomdränka detta holografiska samhälle med detta. Det trängde ut från väggar och dörrar. Man kunde känna det i handtag, ta ett hopp över till handen som vidrörde det. Det var som ett virus, i att det spreds från hologram eller individ till nästa. Oftast genom direktkontakt, men ibland genom övertalning. Föreläsningen var ett exempel på det senare. Elvis noterade en kettle och några påsar snabbkaffe på en hylla vid skrivbordet. Han gjorde en kopp decaf och avnjöt detta vid bordet. Ljudsystemet presterade en trevlig take på 'Joru', den gamla Miles pärlan. Utanför fönstret såg han stigen som ledde till Trafalgar Square. Han visste att det var den väg han måste gå imorgon, och via porträttmuséets källare komma ned till kärnorna. Han startade tv'n och såg ett program om underliga ord; 'GI', Ganska Intressant. Det var det. Och roligt. Sömnen, däremot, hade helt andra tankar.

Kapitel 5

Biblioteket var inget vanligt Bibliotek. Man kunde låna där, men inte vad vi skulle kalla böcker. Vad man lånade ut var 'Drömskap'. Vilken som helst galen dröm drömd av vilken som helst människa eller AI kunde lånas där. Librario Infinito, det är namnet på den marmorimiterade skylten över dörren. Biblioteket lånade ut drömmar och en strimma hopp. Ingenting var definitivt, finit. Det fanns alltid dörrar till parallella handlingar eller en motsatt utveckling. Elvis och Chlôe gick in och skannade arkivet efter intressanta sekvenser. Så här fungerade det; en potentiell låntagare, klient, valde sin eller dess intrig. Intrigen lagrades på en minnessticka, och registrerades till klientens konto. Klienten åkte hem, anslöt till NutriPak ™, en näringstillförsel knuten till klientens bankkonto. Efteråt kopplades minnesstickan in i den VisioPort ™ som distribuerade sensorisk information direkt till Humanoidens ryggrad ™ och till minnesbanken hos AI enheter. Denna port hade blivit standard för utbildning, nöje, information samt neural P2P kommunikation. Elvis gick till de existentiella arkiven. Där fanns en föreläsning av Heidegg kring Tid och hur den påverkade varat som sådant. Den var från Berlin, 1936. Mycket svår att få tillgång till. Chlôe gick till Beavoire Partre sektionen. Hon hade länge varit nyfiken på ett möte på Café

Clos 1956. Vissa hävdar att det var där och då paret fick kontakt med Rådet och besökte Bedevere 6 för första gången.

En bibliotekarie vid namn Edna frågade om våra vänner ville ha hjälp. 'Nej' svarade de bägge. De hade hittat vad de behövde. Lokalbussen tog vänster vid europeisk filosofi och stoppade vid skyltstolpen. De klev ombord och satte sig vid ett fönster åt vänster.

"Märklig samling de har här." Elvis pekade på registerkorten de hittat.

"Sant. Nu en stol och en espresso, kanske." Chlôe log och pekade på en skylt nere vid NeoKlassicismen som antydde att ett läsarcafé fanns ett par kilometer nedåt gatan, vid Västerländsk Antropologi och Arkeologisk Vetenskap. De bestämde att gå av vid lämplig hållplats och ta en snabb Decaf ™. Elvis njöt av livet.

"För existensen!" han höjde ett fiktivt vinglas och blinkade åt Chlôe.

"För oss." Svarade hon. Ödet, den gamle skämtaren, hade överraskningar i bakfickan, tro mig.

Libro Bus ™ stannade vid receptionen. En AI klädd i den officiella bibliotekariekostymen för FemiDroids ™ log och registrerade lånen. Våra hjältar vinkade farväl till bibliotekarien, en 47/2 Libro Vac ™ av tidig -16 modell. En typ som ersatt den tidigare 47/15 vilken visat ett flertal oönskade drag. Rapporter om rekommedationer av Pulp ™ Fiktion till tonåringar som sökt efter sociologi och samhällsreferenser var ett sådant drag. Ett flertal problem med nihilistisk personlighetsstörning rapporterades. 47/2an var betydligt mer genuint engagerad och skulle aldrig försöka vilseleda en klient. 47/2an vinkade diskret och vände sig till en hög dokument som skulle arkiveras.

"Den där espresson. Dags nu tror jag." Chlôe pekade på en skylt en bit bort.

"Perfekt." Sa Elvis och ökade takten en aning. Cafèet, i pastellblå design tagen rakt ur en 50-tals resebroschyr, var helt rätt. Hummandet från kylsystemet till processorerna fick allt att verka lite magiskt.

"Hello sailor, hur kan jag hjälpa till?" Lola, servitrishologrammet var som alltid perfekt. En Doris Day/Betty Grable bild som fått liv av nanovävarna och kodmonstren i digiworld ™.

"Hejsan Lola. Två espresso och lite vatten, tack." Elvis och Chlôe satte sig ned vid bordet Lola indikerat. Det var ett vid fönstren mot ett Montparnasse torg.

"Fint," sa Chlôe, "nu slappna av ett par minuter innan incheckning på hotellet." Hon var alltid på språng, vår hjälte, men nu hade de ett par minuter för sig själva innan de måste gå till hotellet. Det var dock krafter igång med helt andra planer för våra hjältar, tro mig…

Dörren verkade vara vilken dörr som helst. Låt mig försäkra er att det var den inte. Dörren som påkallade uppmärksamhet i bortre änden av väntrummet i korridor A473/Eldor var så långt från en vanlig dörr som ett kylskåp från ett ficklampsbatteri. Dörren var utrustad med ett antal vanliga dörrfunktioner. Den kunde släppa in eller ut objekt, biologiska eller ej, ur väntrummet på ungefär samma sätt som det är en glödlampa i ett kylskåp, och batterierna i en ficklampa tillåter lampan att producera ljus. Eller kanske en bättre liknelse vore att säga att dörren fyller sitt syfte på samma sätt som en stekpanna steker mat. Inte så att en dörr steker kunder, men att den erbjuder dem möjligheten att fullfölja det som är deras syfte. Så länge deras syfte är inom det möjligas parametrar för en /32;swing ™ modell. Inte mycket var inom dessa parametrar, det ska erkännas, men en del saker var. Att komma till genvägen för att ta sig in till processorns kärnor vid centralhallarna var en av de få saker den var nyttig för. Inte många visste detta, vilket var den huvudsakliga anledningen till att dörren oftast var i vila. Sov. Ej inblandad i de dagliga görandena och låtandena för processor- och kärnhallarna. Det fanns dock en del tips. Så fanns exempelvis små anteckningar. Av ungefär samma storlek som en bussbiljett i Flen. Dessa anteckningar låg utspridda i korridoren och i cafeer och väntrum i området kring sagda dörr. På vissa av lapparna var naivistkartor ritade. Mycket primitiva på ett sätt och med en stil påminnande om en ung Picassos försök att fånga en ansiktsmasks själ. Inte många entiteter begrep dessa kartor. På vissa andra lappar fanns små rim. Poem. Dessa var ännu svårare att förstå. Ett exempel vore

"Ljudet av den o fettade ankungen
Avskyvärt en griskulting skrik
Vi vet och hör dig viska-a"

Vilket är på intet sätt användbart. Faktum är dock att ingen ville att något skulle veta något om denna dörr. Lyckligtvis för denna romans story var Elvis, vår vän och hjälte, ingen vanlig man. Eller -t hologram. Han var av den typen mödrar varnar sina döttrar för att hamna i sällskap med, och den typen av person fäder säger åt sina söner att hålla sig borta från. Han såg en dörr, vad som verkade vara en helt vanlig dörr. Han närmade sig förstås dörren. Han smekte handtaget. Det svarade med att vrida sig lite. Elvis tyckte sig höra ett dämpat klagande från övre vänstra hörnet av dörren. Den här modellen behövde övertalas för att öppna upp. Han gled lätt emot den. Talade om för den hur elegant dess handtag var svängt. Den verkade lätt upphetsad, men ändå tveksam att bjuda in besökare.

"Vilka hemligheter döljs bakom en så elegant yta?" Elvis röst var tjock av hänförelse. Dörren pep lite, bad om att få bli smord. Vår hjälte hade lite låsolja i en behållare i portföljen. För extremfall. Detta var ett sådant om något. Dörren kände doften av oljan och började stöna högre, lite som en sjungande blåval. Elvis tog fram flaskan och spottade några droppar på gångjärnen. Dörren sjöng en sång som hette Hallelujah, och skulle ha producerat ett leende om den nu haft en mun. Den gjorde det näst bästa, den öppnade upp. Elvis, som tränats till resande i damunderkläder och skoputs, satte foten vid tröskeln för att hindra den att stänga, dörren var nästintill esoterisk nu, och hade inga sådana planer.

"Vad har vi här." Elvis spelade retorisk fråga kortet, och kikade in i vad som verkade vara en tomhet på andra sidan dörren. Chlôe såg detta och då hon kände Elvis visste hon att försiktighet var påkallad.

"Försiktig, älskling," sa hon, "du vet inte vad som finns där." Hon var egentligen inte särskilt orolig, men mindes deras tidigare möten med baksidan och visste att det fanns riktigt farliga saker där.

"Oroa dig inte." Sa Elvis. Ungefär en tiondedels sekund senare kunde man höra ett 'Schwoop' likt ljud. Chlôe såg sin kompanjon försvinna bakom en dörr som sedan stängde och låste sig själv noga. Ingenting hon gjorde eller sa kunde få den att öppna sig igen.

"Ok, han överlever väl skulle jag tro." Hon visste att det troligen skulle gå utmärkt och bestämde sig att gå tillbaka till hotellet. Det fanns ju ändå ingen polis att rapportera försvunna entiteter till, så. Folk och historia kom och gick ganska kaotiskt här på baksidan. Livet slog an en lättsammare ton. Mer realistisk, skulle man kunna säga. Allt skulle ordna sig. Förhoppningsvis. Troligen.

Precis då, men inte precis där, faktiskt inte ens i samma universala existens, utan i en tidsficka täckande flera universa och en miljon och tre in i framtiden men samtidigt, för att tid är komplex och inte linjär på något vis, flög ett sorgligt poem på en bit papper genom rumtiden och landade på en plattform där en mack brukade finnas men i den här tidsfickan ett filosoficafe, 'le Neant' fanns. Poemet låg där för en tid, tills en vandrande existentialist råkade hitta det. Eller kanske råkade inte existentialisten hitta det. Kanske hade det alltid, ville, skulle och kommer alltid att ha blivit hittat av filosofen. Vara med det som det ville vara, vår existentialist såg den lilla papperslappen liggande där ungefär en halvmeter från plattformskanten.

"Titta, en bit papper." Sa vår nye filosofvän, som var

känd i begränsade kretsar för sin ypperliga klädsmak. Han föredrog en jazzig blandning av svarta turtlenecks, byxor och svart blazer. Ibland svart basker. Mycket smakfullt. Mycket existentialistiskt. Hur som helst, vår vän plockade upp lappen och tog med den in på Le Neant, där han planerade att ta en kopp kaffe så mörkt att 'intet' skulle verka muntert i jämförelse.

"Hello, Sailor, med vad kan jag stå till tjänst?" Servitrisen, en viss Lola, klädd i svart t tröja och svarta jazzbyxor var lika trevlig som alltid.

"Caffe. Noir." Svarade vår filosof. Lola blinkade och sa att det var på väg. Stig, helt svartklädd för att passa in, höll redan på att ställa CaféNoir ™ maskinen i läge 'magsår'. Vår vän satt i mörker en stund, men bestämde sig sedan att det var dags att se vad som stod skrivet på den där lappen. Han tog upp lappen från fickan, och såg att den var fylld av ord skrivna med fraktur, bokstäver man vanligen kunde väntas finna i manuskript från runt år 1183 eller så.

"Enastående." Lonnie, som var vår existentialists namn, såg på den antika skriften och kunde känna sig transporteras bakåt i tiden till den era då Rådet var känt som Tempelriddarna. En varm vind snuddade vid hans kind. Det var hett.

Lonnie var i antika Palestina, en Romersk provins. Han befann sig i ett slott byggt av tempelriddarna. Där fanns rum för ett hundratal riddare deras hästar och deras rustningar. Lonnie hade aldrig varit i Palestina. För att vara ärlig hade han aldrig varit på jorden, eller ens i galaxen vi kallar vintergatan. Han var en filosof som spenderade sin tid med att skriva och läsa, och med att diskutera existensen. Den gamla klassikern 'In a New York Mood' kunde mer kännas än höras. Landskapet utanför var definitivt del av antika Palestina, dagens Israel. Lonnie var vanligen en tämligen lugn individ, men detta var lite mycket.

"Kära nån, vad sker?"

Ljudet av en Shofar kunde höras över dalen utanför. En filosof vid namn Lonnie tog en promenad i det antika slottets korridorer. Där fanns ett flertal dörrar att välja på. De flesta låsta. En av dem var dock öppen. Den bjöd in Lonnie. Lonnie klev in. Dörren var mycket artig även om det var en gammal trädörr i antikens Palestina. Rummet var en skrivsal. Ett antal munkar satt och skrev eleganta dokument för kyrkan. En plötslig Pater grep Lonnies ärm.

"Kom här. Vi har ett skrivbord åt dig här borta." Patern pekade mot ett tomt skrivbord vid salens bortre ände. De passerade ett antal gråmunkar som satt och skrev vad som såg ut som biblar eller hovdokument.

"Var är jag? Vad gör jag här? Vem är du? När är vi?" Lonnie var inte så lite förvirrad. Mannen som höll i hans ärm verkade road.

"Pater O'Lint, Castle L'Existensa, Fevrier, året 687 av vår Herre. Ni har sänts av folk som aldrig visar sitt namn eller ansikte. De styr denna och många andra världar. Vi har fått veta att du kan styra upp vår produktion."

Lonnie var nu mer än förvirrad. 'Det är sant,' tänkte han, 'jag har oftast ordning vid skrivbordet och i bokhyllan. Lonnie var en munk i den helige Fransiskus Orden. En man han visste föga, om ens något, om. Pater O'Lint var i samma

Orden. De var bägge anställda av Rådet. Ingen av dem visste detta. De olika religiösa Ordnarna, liksom Tempelriddarna och bibliotekarierna, arbetade för Rådet. Den religiösa sektorn trodde man arbetade för 'Herren'. Denne 'Herre' var ett påhitt i syfte att hålla folk upptagna med saker som inte kunde skada 'saken'. 'Saken' var att expandera pixeluniversumet ™. Att ersätta fysiska föremål med digitaliserade sådana. Om du läser den där Bibeln och känner att den verkar osannolik. Inget att oroa sig för, det är den avsedd att vara. Den är skriven i kod. Skriven på Rådets språk, Arameiska. Har du någonsin undrat varför språket i antika Palestina var så udda? Svaret är att det inte är av denna världen. Det är av en värld så långt borta, i såväl tid som rum, att det skulle krävas ett vara långt större än mänsklig förståelse kunde hantera, att förstå. Lonnie hade aldrig varit i kontakt med humanoider. Han var en digital konstruktion. En expert på arkivering. Patern visste inte mer än vad han behövde veta. De existerade bägge i underliga fickor av tid och rum.

"Om ni tar dessa dokument och följer mig. Jag ska presentera er för vårt arkiv. Innan vi går dit ska jag kanske tala om att det är lika fjärran från detta slott som en myra från ett bibliotek."

Lonnie tog dokumenten som låg spridda på hans skrivbord och följde med Patern. De lämnade rummet och gick in i ännu en av de allestädes närvarande korridorerna.

"Enastående." Lonnie var förbluffad. Korridoren verkade vara flera kilometer lång. Det var den. Den var även cirka 50 meter lång. Beroende på ens startpunkt. Digitalt.

Positionellt sett var de i slottet i Palestina. Detta var, hur som helst, inget vanligt universum. Världen som sedd existerade inte, annat än som en serie ettor och nollor. Detta universum reagerade på vad som än försiggick neuralt på vilken som helst och alla andra platser. Korridoren var kilometrar lång. Där fanns en transport för de besökare som var på väg till en av dörrarna långt borta. Patern sa att de skulle ta transporten, så de satte sig ned. En röst frågade var de skulle.

"Arkivet." Sa Patern. Den underliga transporten började ljudlöst röra sig. De förflyttade sig med hög hastighet genom korridoren och stannade vid en dörr utan skylt eller nummer på eller i närheten av sig. Lonnie tyckte det var ett trevligt middagsäventyr, och tyckte det skulle bli intressant att få se deras arkiv. Han trodde det var arkivet för skrivarmunkarna på slottet. Hur skulle han kunna veta att det var Rådets huvudarkiv. Han hade hört ryktas att det skulle finnas ett arkiv ute där nånstans, men hade aldrig trott han skulle få se det. Han tyckte om arkiv och arkivering.

Kapitel 6

Morgonen var en av de där, ni vet, då livet känns som ett straff och sömnen som en förlorad dröm. Från radion kunde man höra jazz. Dizz & the Retainers. 'Noon or Thereabouts'. Partre var en av anledningarna att vakna upp, även om existensen var ett knott eller en mygga. Ffergal Slipstone den tredje, eller Seamus som han sade, gick in i jazz mode och diskuterade varat med sig själv. Sig själv var inte på humör för diskussioner utan hävde ur sig ett par förolämpningar och en förbannelse. Luften var tät av sårade känslor och vaga ursäkter för att undvika intet. En dansande zigenardrottning valsade genom fickan av existens. Det var så vackert att själva tiden grät. Ffergal gurglade sin sista munfull av synd och konsulterade sitt öde. Det viskade ord av omedgörlig ilska och förlorat hopp.

"Se men inte röra. Jag ska få dej att ångra att du någonsin fötts, om du gör det." Drottningen drev leende bort som en sorgsen påminnelse om vad du gjorde förra året. En ledsen tenorsax spelad vid morgondagen i förväntan ylade de tidlösa stegen i femmor och minnet skälvde. Ffergal tvättade sina händer och öppnade ett fönster lutandes mot havet. Kustlinjen var en av de där man kan se uppe i norr. I New England. Men den var gammal, inte alls 'New' England. Detta var de sorgsna och ensamma kvarlevorna av ett nära förflutet som drev genom en avlägsen galax som inte ens var ansluten till universell tids slipstream. En naken Beat poets yl ropade på uppmärksamhet någonstans där i dimmorna. Ffergal kysste minnet av drottningen och tog hand om kaffemaskinen. Det var en Predator Cumulo 54 ™, den tidiga modellen. Den har sedan dess tagits ur produktion och användning sker numera helt på egen risk. Molnen på himlen utanför Ffergals dörr tjattrade livligt och verkade nöjda. De var animerade, och gjorde precis det de var ämnade att göra. Himlen var azurblå, en nyans utvald av en programmerare vid en byrå kontrakterad av Rådet. Ffergal sippade sitt hologram kaffe och kysste ödet till avsked. För det som skulle komma att ske hade ingenting med externa krafter, goda eller onda, att göra. Det var de existentiella konsekvenserna av hans/dets/Ffergals egna beslut. En scooter, en B 150 med baksäte, stod lutad mot ett imaginärt träd ute i hans lilla trädgård. Det var en Alm. Eller rättare sagt, det var ett antal pixlar i skilda färger, ordnade enligt ett mönster som påminde en hel del om en riktig alm. Det hade viss substans. Inte så mycket som en riktig Alm, men lite. En Vespa, som var ett annat Hologram, kunde luta mot det. En fjäril eller skalbagge kunde sitta på ett av dess löv. Allt på grund av ett nytt koncept, Imagini true ™. Ett sätt att ordna elektroner och fotoner så att viss känsla av soliditet uppstod. Ffergal gjorde en holografisk ost sandwich och lämade lyan. Dörren stängdes likt en skatterevision bakom hans holografiska rygg.

"Japp, och nu en tur på den gamla Vespan ™." Han startade den föreställda maskinen. Landsvägen genom vad som påminde mycket om ett syditalienskt landskap fick honom att le. Han visste allt om hur den såg ut som kod. Han hade sett många vägar, berg och hav och annat under sitt dagliga slit på kontoret. Han hade inte slutat fascineras av illusionen och av hur lättlurade humana Holo Droids var. Holo Air ™ var trevlig mot Ffergals skinn. Landskapet följde honom genom tomheten, intet, som den gav substans och 'vara'. Den fjärran horisonten försvann i en dimma, och hade testats och befunnits solid och bra nog att lura även en äkta människa, en True Human ™. Det fanns inte så många av dem kvar numera, men ibland dök en upp, och de hade rapporterat att de faktiskt tyckte bättre om det än den gamla verkligheten. Mestadels på grund av frånvaron av damm, små insekter i luften och beskattning. Hur som helst, Ffergal älskade det. Han hade anslutit sina hörlurar till Vespa Internal Sambamatic ™ - den sydamerikanska jazz maskinen som 'tillhandahåller rätt melodi för alla tider på dygnet' -som man säger. 'Pepita do Curacao' svepte över det korta avstånd som skilde trumhinna från hans In Ear Phonogram ™ hörsnäckor. Han befann sig i vad som med lätthet skulle kunna utge sig för att vara himlen. Det var såklart himlen. Om man med 'himlen' menade en plats ganska långt från fast mark, skulle man inte fara med osanning. Det var faktiskt miljontals mil från fast mark. Take Seven, den gamla Burbeck klassikern, kunde höras från en bar vid vägkanten. Synlig men så långt från verklighet att den inte ens kunde hävda sin egen anledning, sitt berättigande. En man som höll en skylt med texten 'Nej, aldrig mer' började vifta frenetiskt med sin andra hand för att få vår nyblivne vän att stanna. En underligt förljugen advokat skannade en bunt dokument och reciterade ett poem av en Dead Beat Poet. 'Future'.

"I saw your shadow, old friend, reaching out to
get me
to involve me in your plans
Coming to chain my spirit to your crazy need
locking it up from freedom
Lonely streets of black tarmac velvet
necks bent backwards and soul-filled
binoculars
crying for absolution
Running for light - hearing the cry of poet
searching
singing
ringing
clinging on to lost ideas of yesterday unheard of
Innocence comes cheap tonight
shame, disgust, darkness void of color
Water pipes, refrigerated hallways
and
the miracle of engineering Sundays
The god of your imagination
fulfillment of your dreams
echo of salvation shouting
'be free'
'transcend'
'take part'
'Feel
future
here I come"

Det var som ett eko av något han hört för länge sedan och sedan glömt bort. Ni vet hur det tenderar att hänga kvar långt efter det försvunnit. Han hade inte väntat detta, men då han var jazzare och Beat poet kände han sig lugn och trygg i att vad än framtiden förde med sig skulle han klara att hantera det.

"Future Here I Come." Vår vän stängde av Vespan ™ och gick in på restaurangen/cafeet. Det låg kaffe i luften. Eller pixlar. I intet.

Himlen var azurfärgad, luften var pixlar, och cafét var en illusion. Vår filosofvän Ffergal brydde sig föga. Han hade alltid vetat att han var del av något större än de gigabytes som innehöll pixlarna som illustrerade den illusion som var Ffergal.

"Jag har alltid haft en känsla att det var något därute som väntade på mig. Som en dröm. Som en morgondag byggd av de där skapade söndagarna i det där gamla poemet av den där Beatpoeten. Allt är fejk. Plast. Intighet är en komplimang." Ffergal hade känslan att något väntade på honom, bara runt hörnet.

"Här kommer jag, håll i hatten, gott folk." Han gick fram till en kassör vid baren och köpte en kopp Kembe ™, det bästa espresso han någonsin smakat. På scenen fanns en pianist som spelade en take på 'Manhattan Baby', en gammal Miles klassiker. Pianot stod i lågor. Den kvinnliga vokalisten hade full koll på Ella. Det var något som föll i Pixel Luften ™ som skulle få även en jazzhatare att be om mer. En plötslig poet intog scenen med sin gamla Remington ™ skrivmaskin och komponerade ett poem om att kärlek är mer än ett ord på sex bokstäver, och att bara en BikerGirl ™ har den rätta essensen.

"För att jag är, och du är,
Vackra, kommer vi att vara
Dödsänglar
Renade"

Poeten gick och sökte något han tyckte var förlorat. Något han kände var nödvändigt för att rätta till de fel som blivit gjorda i det förflutna.

"Sångerna är inte mina, eller dina. De är sånger av frihet. Andlig frihet och frihet för de dödliga spolar av bokstavskombinationer vi är." En sorgsen Nighthawk vid en bar sa något till Ffergal. Han hängde kvar vid poetens sista ord, som en advokat vid ett vittnes sista ord. Vår vän tittade på ett bord gjort av en klocka.

"Se så tiden flyr. Vi måste komma ihåg att leta efter sanningar i minnets bakvatten, eller hur, käre vapenbroder?" Ffergal visste inte var han hittat de orden. Vad han däremot visste var att poeten skrev någon mäktig och viktig sanning på sin Remington ™. Han visste att han hade ett arbete att utföra. Ett skrivbord i hörnet verkade ropa hans namn, så Ffergal gick dit och satte sig ner på den gamla kontorsstolen. Han blev glatt förvånad att stolen redan var injusterad efter hans något korta kropp. Han kunde med lätthet nå alla korgarna; inkorgen, utkorgen och dra åt pipan korgen. Han öppnade en pärm och såg att någon redan förberett dokumenten han behövde för att kontraktera poeten. Där fanns standard copyright avtalet och kontrakt på tre titlar samt 100000 kopior i första tryck. Så snart han lagt pappersarken i en plastfolder märkt 'brådskande' kom en springpojke, ja, 'springande'. Springpojken grep tag i foldern och satte av som en kanin genom rummet. Ffergal fick inte ens tid att säga ett ord.

"Ok, om du får de där signerade..." han såg att poeten slutade skriva för ett ögonblick då springpojken närmade sej. Poeten började gasta nåt om sin 'musa'. Springpojken viftade med kontraktet framför poeten som kände doften av trycksvärtan och lugnade ner sej. Där ser man hur lätt det är att glömma ramverket för ett lugnt och skönt liv ibland.

Nåja.

Processorerna brummade och kärnorna utstrålade värme. Kylsystemet tog bra hand om det där. En ensam clown promenerade tvärs ett fält mellan två rader processorer. Den hade promenerat där under ett årtionde och tre veckor. Till höger om den syntes ett antal guldfiskar som med sina fenor paddlade runt i luften. De visste inte var de kom ifrån, eller vart de var på väg. Clownen började jaga en hjord lamor. Ffergal producerade en Dulcimer och spelade ett par melodier han mindes från någonstans för länge sedan. Ett irländskt folkband började jamma. De kom från limerick, åtminstone hävdade de det. Ffergal tyckte om utvecklingen och gav musikerna ett poem var skrivet på andalusiskt papper. En ledsen polisman dök upp vid ett träd. Han, eller 'den', sa något på en dialekt Ffergal inte förstod. En av musikerna vände sig till Ffergal och viskade

"Du borde följa den där polismannen. Han säger att han känner din administratör." Musikern vände sig bort och började steppa. En av de andra plockade en fisk från flocken och började träna den. Polismannen vände sig om och började gå mot en av kärnorna. Han vinkade med sin högra hand, indikerade att Ffergal borde följa med. Ffergal gjorde så. Elefanten vid den lilla strömmen till vänster om honom såg sorgset på ett vissnande löv. På andra sidan gångvägen fanns en dörr in i processorkärnans inre universum. Ffergal skrev ett p.m rörande ett hålslag vid hans kontor. Precis då stängde vår vän Elvis en balkong och gick över gräsmattan utanför. Han visste att det som hände var en minnesläcka. Detta och andra möjliga universas bankar kunde bara hantera en viss mängd data åt gången, vilket är varför clownen, fjärilarna, elefanten et c, alla var kvarlevor av något minne som svämmade över. Ffergal visste inget om detta; för honom var det bara förbluffande. Det skulle egentligen ha varit förbluffande för Elvis också, men han var tveksam till ord som otroligt, förbluffande, förtroendeingivande, och liknande uttryck. Det får räcka med att vi säger att han tyckte det var intressant. Det var intressant. Elvis var, å andra sidan, mer intresserad av kärnvärldens insida. 'Om detta är utsidan, kan man bara föreställa sig hur insidan måste vara.' Tänkte han. Här och där noterade han sönderrivet papper. Han plockade upp en bit. Något stod på det.

"Våra morgondagars intet ska negera nuet." Han var något förvånad. Han kände att det var något med meningen. 'Det är något Partre skulle ha kunnat skriva. En sketch för en essä, kanske.' Han argumenterade med sitt inre. Det är vad som markerar en bra filosof. Att kunna bedöma sitt eget resonemang och bygga vidare på resultatet. Denna förmåga var precis varför Rådet valt honom för att hantera situationen. Dörren stod på glänt och Elvis klev över tröskeln. Poeten och publicisten Ffergal, var redan där, och följde sin man. Elvis var en ensamvarg och brydde sig aldrig om att följa andra människor, eller Hologram, eller drömmar. Rösten som ropade ut från någonstans bortom fick Elvis att stelna till. Det här är vad den sa:

"Detta är kärnan. Ni är välkomna. Ni är väntade sedan en tid. Vänligen följ de ljusa punkterna nedan för att säkert anlända till det existentiellt avvikande kontoret." Rösten hade en mycket säregen dialekt, som indisk Engelska. Elvis trivdes med att lyssna till rösten. Samtidigt kunde en doft av rökelse anas. Elvis hörde en ensam sitar be om uppmärksamhet. Elvis följde rådet och punkterna och anlände i säkerhet till det existentiellt avvikande kontoret. Det var ett trevligt och förtroendeingivande kontor. Sekreteraren vid entren var en kvinna i femtioårsåldern. Hennes mustach var mycket välansad. Den artificiella papegojan i en bur hängande från taket talade flytande franska. Det var en AI av den mer påfrestande och tålamodsprövande typen. Den upprepade allt den hörde, och översatte det till Franska. Den bar en liten basker. Dess namn var Poulou. Elvis kunde känna existensen rinna som våt färg nedför ryggen. Han hade alltid haft svårt att kommunicera med fåglar. Levande såväl som elektroniska. Han gick fram till sekreteraren, som såg stelt på honom över sin läspince-nez.

"Ja. Har ni ett avtalat möte? Stå still min gode man. Jag står inte ut med folk som fladdrar runt." Hon pekade på Elvis med en linjal. Han hoppade oavsiktligt åt sidan. Han mindes alltför väl sekreteraren vid företaget i Belgien.

"Jag vet inte. Jag tror inte det." Elvis visste inte vad han skulle säga.

"Nå, men vad i hela friden gör ni då här?" Sa den nervösa sekreteraren och fingrade på sin mustasch. Detta producerade ett sisslande ljud. Elvis tyckte omedelbart illa om den stackars kvinnan.

"En röst sa åt mig att gå hit, och före det sa en Rådsrepresentant att jag behövdes för nåt existentiellt trauma i en av kärnorna." Han försökte hålla sig från skratt. Han antog att det kunde verka vettigt, men för honom lät det mumbo jumbo. En plötslig katt hoppade upp på en stol vid ett litet violett bord i väntrummet. Sekreteraren kastade en häftpistol mot den. Katten var dock för snabb för den överviktiga håriga kvinnan. Hon vände sig för att konsultera sin dagbok, och ja, där fanns ett möte med försvarsministern, en viss m. Bagaget.

"Är ni Mr E. Karlfeldt?" Hon spottade ur sig orden som vore de giftiga.

"Ja, sannerligen. Jag är han eller han är jag, eller hur som haver." Elvis gjorde en enkel overturn Bellows, och snöt sig i sekreterarens riktning. Hon verkade inte uppskatta gesten av vänliga hälsningar praktiserad av skotska amiraler under 1400 talet.

"Sluta med, ja, vad det nu är ni håller på med." Sa hon med en elak röst, och pekade sin linjal mot det minimala bordet.

"Sitt där. Någon tar hand om ert ärende inom kort. Eller åtminstone före natten. Det finns böcker, och hörlurar för musik om ni gillar det." Hon inte ens försökte låtsas uppskatta att vara på jobbet.

"Tack. Det ska bli mig ett nöje." Sa Elvis. Han försökte vara trevlig. Detta var ett slöseri med tid. Hon hade redan bestämt att han var på den dåliga sidan om linjen som skilde bra människor och Holo ™ personer från dåliga dito. Hon tog en klunk av munvatten som smakade mintaktigt och gurglade i avsky. Elvis satte sig på en lätt okomfortabel lila metallstol. Den mittemot kattstolen. Det låg en liten svart kudde eller påse på stolen. Den var fylld med något fluffigt material. Katten cirkulerade runt honom medan han satt där och funderade på vad som fick den där sekreteraren att ticka.

Vid samma tid, men lite till vänster om en sopcontainer, var Ffergal och mannen som hämtat honom på väg uppför en trappa. Färgen flagnade från väggarna. Ett antal ynglingar stod där och kastade brinnande bitar av avklippta naglar på dem. Stanken var oerhörd. O-er-hör-d. De skyndade förbi gänget, och lyckades undvika att få brinnande nagelbitar i ögonen.

"Följ mej. Vi måste ta oss upp till den där dörren." Sa mannen. "Och sen hitta en sorgsen ursäkt som gömmer sig i pannrummet." Mannen pekade på en dörr ungefär tio meter uppför trappan. Det var en dörr med klass. En Simpleton Swingster 4 b. Den med tre gångjärn. Ffergal kunde sina dörrar. Han var imponerad.

"Rackarns, det var en fin dörr du har där." Sa han och nickade mot Simpleton 4 b. Mannen, en officer från senaste kriget, undrade vad för sorts idiot Ffergal var, och varför i herrans namn hans överordnade trodde han kunde hjälpa dem. Nåväl, vara som det vara ville med det; Rodney

Tillerson Bawders var en man att lita på. Om han sade att han skulle göra nåt, så gjorde han nåt.

"Ok, följ nu mig. Vi går in." Rodney vände sig åt vänster, böjde huvudet bakåt, och ylade mot dörren. Den öppnade och sa "Välkomna." Sen stängde den sig bakom dem och en underlig figur med trumpinnar i fickorna samt en lapp med texten 'Snart är det Augusti' häftad i pannan viskade åt dem att följa med och aldrig titta bakåt.

"Ingen har någonsin kommit dit de skulle genom att gå baklänges. De kanske kommer några meter, men blir oundvikligen överkörda av en av de där truckarna eller traktorerna körda av nån service droid elle Holo ™ personlighet utan känslor eller empati." Tillerson signalerade åt Ffergal att de kanske hade med en galning att göra. Plötsligt passerade en hjord krabbor framför dem. Gåendes sidleds in i framtiden. Ffergal kunde inte undvika att bli imponerad av de vidunderliga kräken.

"Se, vilka vidunderliga kräk vi har här! Nog får det en att undra över alltings orsak. Syftet. Det får definitivt mig att tänka att det är mer eller mindre ett skämt. Och här är vi ändå. Och där går de. Sidleds in i morgondagen. Som en Beat Poet i rännstenen. Ätande skokräm för att bli hög. På nåt vis. Bara föreställ dej smaken. Måste vara hemskt. Vissa säger att Barnaby's Deep Brown är värst. Inte för att jag smakat den, eller ens vill det, men det är fascinerande att tänka, eller hur?" Ffergal tittade på Tillerson, som tittade tillbaka och inte visste vad han skulle göra. 'Bara att försöka hålla honom lugn tills någon annan tar över.' Han var riktigt orolig att något verkligen otrevligt skulle inträffa på hans skift.

"Låt oss diskutera detta som vuxna; varför skulle vi ens fundera på att äta skokräm?" Han stirrade på Ffergal och satte toppen på sitt finger vid sitt lägre ögonlock, som han sett en mafioso göra i en film.

Ffergal kastade iväg vad försiktighet han möjligen hade kvar i sin skjortärm, och följde den underlige individen som fortsatte tappa bitar av sig själv efter vägen. Han, det eller vad det nu var, verkade inte sakna bitarna det minsta.

"Vi närmar oss kärnan. Jag brukar varna folk att inte ha sina sinnen vidöppna. Det svävar triljoners biljarder idéer och tankar i trakten." Guide personligheten tappade en bit av sin bakgrundshistoria och vinglade aningen åt vänster. Han fick några tuffa krockar med kärnan då han försökte närma sig den existentiella biten. "Jag tror du kommer att se att vakanta idéer försöker invadera dina cerebrala aspekter. Om du ska vara till någon nytta här är det viktigt med ett rent och fläckfritt sinne." Guiden tappade en bit av sin undertext och vittrade bort medan han gav sina order till Tillerson. Ffergal undrade vad han var ämnad att göra här.

"Exakt vad är det de vill jag ska göra här?" sa han medan han gestikulerade vagt mot omgivningarna.

Elvis tog sin ente kopp espresso substitut. 'Det är egentligen inte så dåligt, bara smaklöst.' Tänkte han. En person från Back Office närmade sig.

"Jag ser att ni smakat vår Java," sa den, "hoppas det inte var för illa." AI personligheten pekade på den lilla plastmuggen på bordet framför Elvis.

Jodå, det var ok." Elvis log och försökte vara neutral trots att han egentligen var äcklad och funderade över varför någon skulle vilja ens fundera på att kalla det där kaffe.

Mannen sa åt Elvis att följa med, och samlade vad för bitar av sitt eget sinne som eventuellt behövde samlas.

"Vi är på väg till de centrala kärnkontoren. Rum 37b. Det är någon du behöver möta." Han eller det vinkade åt Elvis att följa med och de gick in genom en pytteliten dörr in i en tämligen smal och låg korridor.

Musik hördes från dolda högtalare i de malvafärgade väggarna.

"Vem ska jag möta?" frågade vår vän och hjälte.

"Tänk inte på det, vi är snart där." Mannens andning lät otrevligt pipande på något vis. Som pyttesmå jazzflöjter jammande på Giant Hops eller nåt liknande. Det var mycket störande. Elvis undrade om mannen eller vad det nu var insåg detta, men bestämde sig att inget säga ifall det var ett känsligt område.

"Där," sa piparen, "där är dörren vi söker." Mannen eller vad det nu var pekade ett mycket krokigt finger mot en dörr där framme till vänster. Elvis noterade ett par idéer kring hur man kan fly intigheten smita iväg skrattande medan en betjänt i smoking öppnade dörren för att välkomna dem.

"Välkomna. Jag tror era vänner är alldeles här borta i hallen. Ni borde kunna hinna ifatt dem." Fracken pekade sin underarm nedåt korridoren. Elvis och piparen började gå mot vår vän Ffergal, och Tillerson. Plötsligt kom ett moln gårdagar rullande nedför korridoren. Piparen verkade orolig.

"Om det här är vad det verkar vara har vi nog en överraskning att vänta." Han hon det fick inte tid att utveckla tanken då molnet av gårdagar körde över Ffergal och Tillerson. De praktiskt taget försvann som rök i vinden. Ett plötsligt intet fyllde tomrummen som markerade deras senast kända positioner.

"Kom, vi måste gömma oss, annars vet man inte var, eller när, vi kan hamna." Mannen eller vad det nu var provade ett par dörrar innan den hittade en olåst. "Här. Vi går in. Snabbt." Han tog tag i Elvis skjortärm. Elvis tyckte folk drog honom i skjortärmarna hela tiden nu, och han uppskattade det inte. Han vände sig mot piparen för att säga detta, då väggarna plötsligt försvann, liksom faktiskt golvet, och mattorna. De hade klivit in i en ficka intighet längs hallen.

"Kära nån." Elvis var verkligen upprörd nu, och ville bara sitta ned och kontemplera varat i sig en liten stund. Ödet, den lilla program snippen, ville å andra sidan något helt annat. Plötsligt kunde han se sin dam glida förbi.

"Chlôe!" Han kunde inte låta bli att ropa till. "Vad gör du där? Jag trodde du var vid hotellet." Elvis, som vanligen var en tämligen förvirrad personlighet, var nu istället riktigt oroad. Chlôe vände sig mot honom. De svävade där i tomheten, i själva 'intet', ett par meter från varandra, och verkade inte kunna röra varandra fysiskt.

"Jag vet inte. Jag var i lobbyn och tog te, då en underlig karaktär gick förbi och viskade att jag måste följa med. Jag visste inte vem det var, men det var nåt bekant över honom. Jag följde med, och vi gick i ett par trappor och genom en dörr, och här är jag nu." Hon verkade ärligt oroad.

"Oroa dej inte, vi kommer ut härifrån på något sätt.

Hoppas jag." Elvis skakade på huvudet medan ett förlorat hopp kom flytande förbi. Ljudet av Heideggs förlorade föreläsning om Tid vs Neurala strukturer kunde, och hördes verkligen från en scen som drev förbi, en livstid bort. Elvis noterade hur välstruken filosofens kavaj var. Tiden som sådan var klart påverkad av diskussionen.

Kapitel 7

En cykel låg slängd mot en gräsmatta. Den låg där mellan ett plommonträd och en mindre buske av något slag. Scenen verkade då och då fladdra, blekna bort. Sedan kom den plötsligt tillbaka, men vriden på nåt vis. Som verkligheten vriden runt fiktiva element. Ett mindre hus satt där på gräsmattan, som ett minne som försökte bli verklighet. Detta var inte alltför långt borta från sanningen. Hela scenen, inkluderande en strand, och ett antal människor som hade kul och lekte med en boll och skrattade, var ett 'drömskap' räddat från minnet hos en en gång relativt välkänd filosof. Det var den välkände existentialisten Jean Sol Partres bakgrundshistoria. Och nu kan jag höra er fråga vad en filosofs minnen har i en roman kring en värld byggd av datakod att göra? Du har inte sagt att du undrar, men jag känner att det ligger nära till hands. Hör nu här: anledningen att denna bakgrundshistoria, denna bit av en historia som hjälper till att definiera personen som är ansvarig för den digitala världen, Holoscape ™ som utgör den 'verklighet' folk och Hologram AIs bebor, är förstås den grundläggande existentiella iden att var och en av oss, du, jag, filosofen, skapar oss själva utifrån 'intet'. Vi bygger det som ska bli 'oss' baserat på varje erfarenhet vi lever igenom. Detta är självklart lika giltigt vad gäller processorn, och kärnorna, centrum i vad som producerar varje AI som befolkar Holo World ™. Något måste ha hänt mellan då han skrev sin tes vid Sorbonne, och då de två, Jean Sol och Simone, revolutionerade existensen på jorden, och senare i hela universum. Något som senare skulle leda till att en kärna började riva ned pelarna för sin egen existens, äta sin egen kapacitet att resonera. Något måste ha skett som fått kärnan i processen att betvivla sig själv. Att ifrågasätta sin förmåga att skapa 'vara', att fylla tomheten. Solen utanför universitetet i Paris var het och stark. Ett antal studenter möttes vid Cafe de Flore för en diskussion kring aktuella företeelser och en tolkning av världen av idag. Diskussionerna var ibland ivriga. Ett antal av de ledande studenterna hade resonerat kring hur Cogitot kan vara del av modernt liv. Existensen var ämnet för dagen.

"Men om ni diskuterar varat som enskild faktor måste ni väl bygga en dikotomi och låta spänningen vara vägledande." Reinaud Focale, oratorn, ville som vanligt tillsätta anspänning och låta Varat kämpa för sin rätt. "Den starkares överlevnad är inte bara akut i djurriket. Det är minst lika aktuellt i filosofin.

"Sant, och som fria operatörer, måste individer erhålla 'Vara'. Frångå tomhet. Bekämpa 'Intet'." Jean Sol Partre, den talangfulle unge studenten, känd för sitt rakknivsvassa intellekt, befann sig i mitten av sitt projekt om existens och frihet, ett projekt som skulle bli till en föreläsning i Paris ett par år senare. Focale hade sina egna idéer, och de brukade ofta mötas på caféer på kvällarna. De arbetade båda som lärare och bedrev forskning vid sidan av det.

"Jag kan inte låta bli att betvivla total frihet. Vad med ansvar?" Focale gestikulerade vilt. Partre tog en klunk kaffe och borstade bort ett fiktivt dammkorn från sin underarm.

"Ja, det är här baksidan av friheten intar scenen. Frihet kan bara vara absolut om den kombineras med totalt ansvar." Partres underläpp fladdrade vilt. Paret som satt vid bordet till höger om filosoferna bestämde sig för att flytta till ett annat bord. Vilket var precis som det skulle vara. De valde och agerade i överensstämmelse med sitt val. Focale och Jean Sol såg på paret, sedan på varandra, och sade 'Oui' unisont.

Detta var bara en liten del av det omfattande material Rådet satt samman för dem att gå igenom. Detta var vad Elvis, Ffergal, och möjligen Chlôe - om de lyckades hitta varandra i denna underliga värld - hade att arbeta med. Den udda processorgatan och kärnorna, kärnenheterna som producerade 'vara' utifrån 'intet', var som en nutida reflektion över 1800 talets Gotiska historier. Elvis och Ffergal var som en sentida Don Quijote och hans väpnare Sancho Panza. Med den skillnaden, förstås att dessa jättar var verkliga. Processorerna var jättarna med makt att förändra framtiden. I den parallella existens våra hjältar nu äntrade, fanns många möjliga dörrar att öppna, många misstag att göra som skulle kunna avsluta den värld vi känner. Problemet bestod i att hitta situationen som kunde vara nyckeln till att öppna för problem i vår tid. I deras tid. I tiden.

Kapitel 8

En sorgsen mås satt på kanten till en pir. Den visste inte riktigt varför eller om den möjligen kunde göra nåt annat. Den bara satt där, såg sorgsen ut, och kisade in i varats avlägsna intighet. Den hade såklart nån typ av vilja. Den var såklart fri. Problemet i detta fall var att den förnekade sin egen autenticitet. Eller den kanske bara var enfaldig? Jag vet inte. Jag tror den var perfekt, på ett måsaktigt sätt. Den såg en våg flipp floppa iväg. Den reagerade med att titta på vågen några ögonblick, men då en mås har relativt basal koncentrationsförmåga vände den snart sin uppmärksamhet åt annat håll. Denna enkla beskrivning av det inre tankelivet, eller avsaknaden av detsamma, hos en mås, är mitt sätt att sätta sceneriet för vad som komma skall.

Himlen var azurfärgad. Tre moln kunde ses passera över himlen. Från öst till väst. En rad byggnader stod längs gatan vid kajerna och dockorna. Där fanns flerbostadshus, ett lagerhus, en livsmedelsaffär. En restaurant och ett cafe skymtade också. Ett antal personer syntes; ett ungt par på promenad. En präst på väg till sin arbetsplats, den lokala kyrkan. En tobakstuggande fiskare. En solbadande katt (jag vet att en katt strikt talat inte är en person, men det var en mycket personlig katt). En tidningsförsäljare. Ni vet, de vanliga misstänkta. De hade var och en sitt 'vara', och försökte mestadels vara autentiska. Att acceptera och leva sin frihet. En av de mest framgångsrika i det avseendet var onekligen katten. Var och en som känt en katt vet att detta är det typiska kattvarat. Frihet. En klarinettist närmade sig bop. Katten verkade uppskatta detta och satt där och beundrade den uppenbarligen mycket viktiga AI personligheten som spelade med de bästa. Fiskaren spottade sin tobak, som vi lärt oss att de gör. Det var såklart en AI, perfekt avbild av fiskaren från en ziljon gamla Hollywood rullar. Rådet applicerade samma metodik för varje karaktär det skapat. Skapandestrukturen var att scanna alla existerande bilder, filmer, och att observera kvarlevande exemplar. Möjligheten att färdas i tiden gjorde detta enklare. Detta underlättade även skapandet av personlighet. Tillverkarna av tuggtobak var glada att deras produkt plötsligt fått ett uppsving. Fiskar AIn, Rupert Spandex III, ägde en trålare. Ett flytetyg han blivit anvisad av Direktoratet, en underavdelning till Rådet. Direktoratet var den avdelning som hanterade rekvisitan. Allt en AI personlighet given åt en Holo ™ Person kunde tänkas behöva, en bil, helikopter, skrivmaskin, eller underkläder, var lugn för att det fanns ett kontor inom direktoratet som hanterade detta. Företaget Sjöfarande Transportmedel hanterade allt från kanoter till supertankers. En New England trålare från 30 talet var deras kopp te, var så säker. De lade till nötta bitar, en papegoja, en sur gammal hund som satt där bara för att skapa atmosfär. Rupert var en av topp tio listans skapelser. Hans röst och accent hade garanterat detta. Rösten lät som en gammal rostig bil ser ut. Accenten var en blandning av Nordirland och Wales. Mycket exotiskt, och nära nog obegripligt. Rupert var en one of a kind. Men det fanns såklart tusentals av honom. Papegojan sjöng en gammal Shanty och ylade åt Rupert. Rupert hälsade öket och gick ombord på Sally Mae. Farkosten skulle ut och fiska herring idag, som nästan varje dag. Detta var såklart del av programmet. Farkosten var ett Hologram, som allt annat här i Holo Verse ™. Båten lade ut för att följa sin vanliga rutt, skannande havet efter de små smakrika fiskarna. Havet var lugnt.

"Havet är på vår sida idag, grabben." Den gamle fiskaren pratade med sin Holo Hund ™, Buster. Han tyckte om att prata med Holo Hunden då den var förutsägbar. Den viftade på svansen och gnydde för att visa belåtenhet. Detta i enlighet med dess program. Rupert, Hologrammet/AIn, visste såklart detta, men det var ok med honom. 'En hund som viftar på svansen är en hund som viftar på svansen om den ser ut som en hund som viftar på svansen' brukade han säga. Denna ide kunde inkludera mycket mer än du anar av verkligheten i Holoverse ™. Varje humanoid AI och deras Hologram var programmerat att vara en äkta människa. De hade en mycket avancerad simulation av en av hundratusentals personligheter var. De trodde alla de var riktiga människor. De trivdes i denna idé. Rupert och de två sjömän han hade anställda fångade mycket herring den dan. De återvände till hamnen på eftermiddagen och sålde fångsten på fiskmarknaden. De två sjömännen, kända som Sailor Jim, och Polarn, skrubbade däcket och reparerade nätet om nödvändigt. De hade vanligtvis lediga helger, men detta var på intet vis nån normal helg, då Herringens årliga migration började nästa vecka och detta var en helg då näten möjligen kunde vara extremt välfyllda.

"Ok, grabbar, vi lägger ut vid fem imorgon bitti. Jag förväntar mej att se er fräscha och tidiga. Inget festande ikväll." Rupert var agiterad och tanken på trålaren fylld av de små migrerande asen fick honom att rodna av förväntan. Hans muntra sjömän gick med ett glatt 'aye aye sir, fräscha och tidiga!'. Papegojan försökte bita den hand som matade den och skrålade ett muntert 'aye aye' mot Hund Hologrammet ™. Den gamla jycken gnydde och viftade på svansen. Den hade ännu inte bestämt sig för om papegojan var dess herre eller bara en fågel. De två var faktiskt jämlika, men alltför simpla AIn för att begripa detta.

Rupert satte sig ned för att sköta bokföringen. Den nödvändiga baksidan av att driva företag. Rupert hade lyckligtvis inte blivit tilldelad någon fru AI, så han/det hade mycket ledig tid. Han lade de nya näten till rätt konto, och lånade lite ur handkassan och gick till den lokala cafeterian för en kopp representationskaffe. Det var såklart inte riktigt kaffe, men Rupert var nu ett Hologram och brydde sig föga. Hans AI, den interne fiskaren, hade programmerats att känna smaken av kaffe då rätt parametrar möttes. Om det såg ut som kaffe och bar sig åt som kaffe, fanns möjligheten att det faktiskt var kaffe. Så resonerade AIt och applicerade rätt sinnesförnimmelser. För Rupert smakade det som kaffe. Precis som rökt herring smakade som rökt herring, även om det bara var en illusion.

Cafeterian var nästan tom. Ett par tog en bit kaka och en kopp cappuccino. En äldre man i Tweed sippade en espresso. Rupert hälsade på bartendern och satte sig ned vid baren.

"Det vanliga, Stig." Sa han. Bartendern kisade mot

honom genom röken från sin cigarill och svarade med ett leende

"I sanning, Rupert, gamle valross." Bartendern var såklart en variation av vår gamle vän Stig. Lola, vår Holo Servitris ™ torkade av ett bord vid fönstren.

"Hello Sailor! Allt ok, hoppas jag?" hon log mot Rupert som hon var programmerad att göra.

"Hallå, snygging. Jadå, allt väl, tack. Hoppas allt är ok med dej också?"

Lola log och försäkrade Rupert att allt var fint. De tre var som gamla vänner. Stig kom med en kopp av det gamla giftet till vår vän. Rupert log och avnjöt kaffet. De var ett bra exempel på hur utmärkta sakerna kan vara om folk eller AIs gör sitt och bara slutar oroa sig. Då stig torkade av bardisken, och Lola sopade av golvet vid dörren klev en plötslig personlighet in. Det var en Partre AI, som diskuterade syftet med frihet i en ofri värld. Stig hälsade honom/det.

"Jean Sol, gamle vän! Vad för dig till mitt gamla kyffe?" Stig höll ut båda armarna med handflatorna uppåt som en gest av förvirring. Jean Sol, existentialisten, gick fram till baren och skakade hand med Stig.

"Cher ami. C'est comme ca: jag tappade bort en stor del av mitt vara, och problemet med kärnorna som förlorade autenticitet fyrdubblades omedelbart." Filosof AIn verkade vara uppriktigt ledsen och oroad. Något hade försvunnit, tagits bort av en uppdatering under natten. "Jag måste hitta de rätta argumenten och lösningarna. Du vet, de här problemen med AIs som betvivlar sin frihet och revolterar?" han pekade vagt mot en punkt långt bortom varat och kanske till och med bortom Intet. Stig, som i likhet med många bartenders, var en god filosof, insåg att detta måste vara allvarligt.

"Smärtan måste vara oerhörd. Jag förlorade en gång min förmåga att argumentera samhällets relativitet. Det var hemskt. På många sätt den mest otrevliga eftermiddag jag varit under." Stig torkade sin panna med en liten tygbit han brukade ha inom räckhåll för detta syfte. Jean Sol gick och letade bakom stolar och bord. Ingenting. Han tyckte sig se den lille rackarens bakben, och svansen, vifta bakom en papperskorg. När han snabbt gick dit försvann den in i en närbelägen vägg.

"Kära nån. Det integrerar med byggnaden. Detta är dåliga nyheter. Den ömsesidiga transcendensen mellan ett brutet löfte och en avlägsen kör, allt relaterat till total individuell frihet att välja sin väg enligt önskan. Och nödvändigheten att för friheten betala det pris den medför. Vi verkar ha förlorat det på något vis. Jag förstår inte vad som skett. Har ni noterat något på sistone?" Jean Sol såg förbluffad ut. Hans ögon, som vanligtvis var lite krångliga, var nu helt utomvärldsliga. Han tände en cigarett. En dold pianist äcklad av enformigheten spelade 'Take Nine'. Väggarna började blekna. En utsida som egentligen bara var fruktan började gråta. Omgivningarna antog formen av förlorat hopp och förtvivlan. En enda linje av Lämmlar gick mot en klippkant. De var suicidala.

"Vad som än följer på det här måste vara helt otroligt, annars vet jag då inte." Rupert, den gamle sjöbusen, gjorde ofta så här. Han delade med sig av sina innersta tankar och funderingar. Han satt med sin mustasch nästan i kaffet. Som en hyena på pass. Han tittade på det som hände runtikring honom, men det var som om det egentligen inte rörde honom. Väggarna, golvet, ja, en stor del av inredningen, löstes upp i tomma luften. Rupert höll i sin kopp.

"Intet invaderar vårt café. Vi måste hitta vårt vara. Caféets vara. Vi måste skapa vår existens. Varenda en av oss. Vår existens tillhandahåller orsak för vår värld att vara!" Partre stod i lågor. Känslomässigt. Han hade misstänkt att något liknande kunde ske om förlusten av autenticitet tilläts fortsätta.

"Vi måste förneka tomheten. Det ligger i vår makt. Inte som kollektiv, ni är alla individer. Ta tag i ditt vara. Nu!" Han skrek, och hans ansikte var rött. Barflickan/servitrisen, Lola, höll desperat i en kvast. Hon tänkte inte förlora sitt syfte, även om detta för tillfället var att sopa golvet vid dörren.

"Jag är här," sa hon, "och jag har vara, och jag kräver att få sopa det här golvet nu." Hon var arg. Det verkade fungera, golvet började återvända runt henne. Hon grep kvasten och sopade ut några småstenar genom dörröppningen. De landade i intet. Stig var också arg.

"Merde." Han begränsade oftast sitt bruk av svordomar till franska, och efteråt brukade han säga 'excuse my french.' En sann lingvistisk uppfinnare, vår holografiske vän.

Rupert sippade sitt kaffe och förnekade tomheten. Sakta återgick allt till det normala. Nåja, så normalt som det är möjligt under rådande debacle, vill säga. Holo World ™ gjorde en ansträngning och förnekade 'Intet'. Jean Sol drog ut en stol och satte sig ner och höll i hologrambordet. En föreställd albatross flög genom rummet. En herring simmade i motsatt riktning. Stig kände sig förvirrad, liksom resten av individerna i rummet. För att inte nämna herringen. Den hade förlorat sin plats i varat. Det kanske inte verkar så stort för dig eller mig, men för vår lille fjällige rackare var det en fråga om liv och död, eller existens vs Intet.

En vandrande försäljare med sorgsen blick kom in i rummet.

"Blommor, blommor. Jag är en vandrande försäljare med sorgsen blick. Blommor..." han höll en påsklilja i ena handen och ett kuvert i det andra. Kuvertet var blått. Azur. Mycket fin, fransk, kvalitet. Handgjort. 100% bomullsfiber. På kuvertet stod endast ett ord: Poulou. Han gick fram till Stig.

"Blommor, min gode man. Jag är en vandrande försäljare..." han lade kuvertet på bardisken.

"Det här är till den som vet hur man undviker intet." Han pekade vagt i riktning mot Jean Sol. Jean Sol grät nästan. Han skakade på huvudet.

"Vad är det ni säger. Här. Låt mig se." Han höll ut sin existentiellt dubiösa hand mot blomsterförsäljaren, som gav honom kuvertet.

"Papperet är för dig, tror jag. De sa att du visste vad man skulle göra med det."

Jean Sol tog det och inspekterade det nyfiket. Han vägde det i handen och bestämde att man lika gärna kunde öppna det. Dokumentet däri var ett pm från Rådet.

"Vad har du där?" den gamle fiskaren, Rupert, kunde inte låta bli att fråga. Den vandrande blomsterförsäljaren höll ett finger för läpparna till tecken och såg arg ut.

"Det är bara för honom, och mitt råd är att inte snoka i andras affärer." Han var klart förargad, och spottade även då han talade. En mycket otrevlig ovana. Till och med oartig. Jean Sol försökte lugna den gamle blomsterförsäljaren en aning, genom att hävda;

"Men detta är även gentlemannens affärer. Det är ett memo kring förlusten av vara vid kärnorna till processorerna. Det påverkar oss alla och vår värld. Filosofen diskuterade ärendet med den vandrande etc. De kom överens om att informera de närvarande i caféet, då de troligen skulle tvingas åtgärda ärendet.

"Vi har ett uppdrag. Ni är alla välkomna att hjälpa till att bekämpa det virus som äter detta universums processorkärnor. Detta universum inkluderar dess invånare, ni, jag, och alla andra som existerar just nu. Det kommer att innebära att resa in i icke kartlagt territorium. Den som känner sig det minsta osäker kring detta behöver bara säga till, och kan sen lämna oss." Jean Sol såg på de församlade på caféet. Rupert, Stig, Lola. Det unga paret hade bestämt sig att gå, inte så förvånande kanske.

"Problemet vi har att tackla är ett virus som äter upp existensens ryggrad och hjärnstam. En malign kod som på något vis smugit sig in i de miljarder sidor tecken som utgör OS och denna Holo World's™ alla program. Detta program som ersätter den gamla Fysi World ™ vissa av oss växt upp i.

Koden har smugits in sidleds från nåt av alla de kontor som omger Rådet. De har en insatsstyrka på jobbet, men varnar oss att bitar av koden kan möjligen ta AI form och fysisk 3d skepnad för att störa vår uppgift. Vi måste vara uppmärksamma och misstro allt. Andra grupper har sänts in och försöker i detta nu etablera en bild av skeendet. Är ni med?" Jean Sol såg bedjande på Holo Personerna ™ i rummet. Stig och Lola sa ja direkt. Rupert verkade oroad och sa att han måste hålla firman igång, ursäktade sig och gick diskret. Jean Sol verkade nervös men tackade Stig och Lola.

"Tack kära vänner. Vi måste snart gå. Varje minut räknas nu." En droppe svett hängde från hans nästipp. Lola noterade hur den var på gränsen till att falla. Aah, där föll den. Rätt ned i hans kaffe. Något hände med världen och droppen föll i slow motion. Den var mycket graciös, och skapade ringar i kaffet då den landade, som en fågel som dyker efter fisk, kan man kanske säga. Eller en bomb släppt till havs. Återverkningarna från det kaffe i vilket droppen landade var brutala. Kaffet skvätte upp enligt samma linje svettdroppen hade följt. Det träffade Jean Sols vänstra näsborre med ljudets hastighet. Filosofen kände hur hans huvud rycktes bakåt och hur han för en nanosekund förlorade balansen. Ett djup öppnade sig, och om Lola inte varit så snabb och greppat hans ärm, hade han med största säkerhet förenat sig med Intet där i djupet.

"Oh, kära nån. Merci madame." Jean Sol var nu svettigare än någonsin.

"De nada. Ni skulle förhoppningsvis göra detsamma för mig." Sa hon. Hon trodde det då hon sa det. Det hade hon inte gjort om hon känt till existentialismens grundpelare. En av dessa är att det inte existerar någon sann moral eller etik. De tio budorden är sagor. Individer är fria att agera enligt eget huvud. Individer, eller AIn, är bara ansvariga för sina handlingar. Ingen har någon skyldighet att hjälpa någon annan. Ingen ska heller förvänta sig hjälp. Ditt liv är ditt problem. Nåväl, Jean Sol var glad åt att inte ha ramlat ner i djupet, även om han visste att det var hans eget fel som underlåtit att torka näsan vid rätt tidpunkt. Där ser man hur underligt existenser kan krascha in i varandra. Den hjälpande hand Lola räckt ut skulle kunna orsaka problem i framtiden. Skulle, och bara om hon räknade med att få samma hjälp i retur från Jean Sol om hon behövde det. Detta skulle eventuellt kunna ta hennes fokus från uppgiften och eventuella problem. Intet började riva sönder hologrammet som var deras värld. Bitar försvann. Där försvann spegelväggen och alla flaskor bakom Stig. Ytterväggen mot gatan försvann som en avlöning. Det existentiella traumat växte uppenbarligen i styrka och omfattning. Jean Sol grep portföljen och sade åt de närvarande att följa honom.

"Kom, mina muntra soldater, vi har ett uppdrag att rädda världen!" han pekade mot en bakdörr med sitt paraply. Det hela var mycket bildskönt. Stig tog av sitt förkläde och slängde det på disken. Lola behöll sin lilla servitrishatt på sig. De såg mycket exotiska ut. Bakdörren ledde till en krokig korridor som ledde framåt och uppåt på nåt sätt. De marscherade på som de superhjältar de var. I bakgrunden kunde höras Cool Jazz. Miles och John Brewster lade till lite 5/4 piano. Korridoren var lite osäker. Här och där kunde man se igenom golvet och väggarna, men de vandrade vidare tills Jean Sol höjde sitt paraply för att kommendera halt.

"Vi närmar oss objektivitetssektorn. Här brukar saker bli lite vågiga i kanterna. Om någon personlighet försöker börja diskutera, sätt stopp för det. Bara vänd er om och ignorera den." Han pekade på ett par underliga figurer som närmade sig från Back Office. "De är underströmmar, bara strunta i dem." De såg underströmmarna gråta i brist på uppmärksamhet. En av dem, en särskilt illa formulerad monolog, kastade en anmärkning efter dem. Det var en ful rad, men den studsade mot deras resonemang och försvann i tystnad. Stig såg på Lola och viskade;

"Den är lite udda den här korridoren. Jag hoppas verkligen Jean Sol vet vad han gör." Han gestikulerade aningen vagt mot den kringliggande korridoren. Lola var som alltid lugn. Hon tyckte filosofen verkade ha allt under kontroll.

"Det blir bra," sa hon, "där, se, han har full kontroll. Strunta i det där skeva ögat. Det är bara bra för att förvirra den eller det som fick varat och autenticiteten att slåss." Hon pekade mot filosofens vilda öga. Och det är sant, ibland var det behändigt. Jean Sol hade förvirrat många motståndare vid akademien bara genom att titta på dem. Eller inte. Hur som haver.

"Där," sa Partre, "där är dörren vi söker. Kom nu bara ihåg att den här konstruktionens AI, dvs AI för korridoren och kontoren och cubiclarna, är vår fiende. Det vill ha bort oss härifrån. Ingen kan i nuläget säga hur långt det är villigt att gå för att stoppa oss från att uppnå det vi vill åstadkomma, alltså att stoppa det från att göra det som stympar det existentiella stämningsläget hos Holo Universat." Jean Sol höll mjukt dörrhandtaget med ett tecken på det som kunde utläsas 'Begränsad Åtkomst' med sin vänstra hand samtidigt som han pekade vagt mot taket med höger pekfinger. Våra hjältar mumlade något som 'så sant', 'ja...'

"Sluta nu mumla och följ mig." Sa Jean Sol. Precis då han sa 'mig' öppnades ett litet fönster bredvid dörren. Det fanns troligen där av någon anledning, men just nu undflyr denna mig.

"Ja?" yttrandet var nån typ av anmärkning eller fråga, även om det av misstag skulle kunna antas vara ett utrop.

"Vad vill ni, enfaldiga människor?" Stig kunde inte rå för att han började småskratta. Filosofen hyssjade åt honom.

"Sluta. Den släpper aldrig in oss om ni förolämpar den. Jag vet, dum som en tegelsten, men le vackert och var bartender för ett tag." Han puttade fram Stig till Holo personen ™ på andra sidan fönstret.

"Ah, vi ska tydligen passera här, så vill du, vänligen, min kära vaktperson, släppa in oss?" Stig tog på sin vänligaste rock och leende.

"Vad? Vem? Varför? Har ni passerkod eller tillstånd?" karaktären rullade med ögonen som en galning, och pekade på klockan.

"Se så tiden flyr. Ni får återkomma senare. Jag har rast om fem minuter." Personligheten stängde fönstret och drog för en gardin. Den här entren var en No Go Zone. Åtminstone för tillfället. Lola pekade mot ett café därborta.

"Vi tar en kopp kaffe och en cigarett. Ingen anledning att vänta här." Hon började gå mot caféet, 'Winston'. Filosofen antydde att de skulle slösa bort en hel del tid genom att gå på Café.

"Jag menar; vi kanske sitter där på lokal och dricker kaffe, medan dörrpersonligheten återvänder och skulle kunna öppna dörren. Detta är allvar och bör tas mycket allvarligt." Han plockade fram en pappersnäsduk från sin högra rockficka.

"Jag tror inte det skulle vara helt fel med en kopp java black," sa Stig, "det brukar ändå finnas en bakdörr från caféer, som från vårt krypin." Stig anade en dold anledning för caféet att dyka upp där, 15 meter bort. "Jag tycker vi borde ta en titt."

Jean Sol vägde för- och nackdelarna med att argumentera och bestämde sig för att spara det till en annan tid och plats. En katt passerade framför dem. Den gick i ett komplext zig zag mönster, för att vara så mycket i vägen som möjligt.

"Jag är er argument-katt." Sa den. "Jag kommer att tvinga er att göra det rätta, och argumentera kring det, om nödvändigt. Gå nu till caféet. Där är en AI som behöver prata med er. Allihop. Där finns även, som bartendern antydde, en passage till den centrala processortomheten därifrån. Ni måste passera den för att komma till kärnan, ok?" katten ryckte till, som vore den förolämpad, och gick elegant från sida till sida framför våra tre äventyrare. De hade ingen flyktväg.

En plötslig landsväg från södra Sicilien dök upp. En bil stannade framför dem. En person öppnade dörren och ropade:

"Hallå, behöver ni lift eller?" (fast på engelska: 'Hello. I say, do you need a ride or?') mannen vinkade åt dem att snabba på. Han verkade vara nån typ av 'dandy', trettiotalsfigurerna som festade i Paris, på rivieran och i London. De tyckte en skjuts kunde vara bra. Jean Sol tyckte sig känna igen dandyn.

"Dirk, Dirk Higginsbottom III, är det du?" han log då han kom ihåg dagarna på universitet. "Det är jag, Jean Sol, Paris vet du. Ecole Superieure..."

"Vid mina strumpor, Jean Sol! Ja det är jag, Dirk. Hur är det med dej, din gamle picnic?" han log tillbaka åt filosofen, då de äntrade hans fordon. En mycket fin Phoenix Arizona. Koestler Twin modellen. Stig och Lola njöt av åkturen medan Jean Sol startade ett argument kring det totala intet av en bil i Sicilien. Dirk höll med.

"Ja, jag vet, det är något av en överdrift, men så är det och här är vi, och där är restauranten, och jag råkar veta att ett par av era vänner från Kungsholmen, Stockholm, också är på väg dit. Visst blir det trevligt middagssällskap, nej?" Dirk försökte alltid avsluta alla frågor med en negation, då han funnit denna vana utmärkt i syfte att förvirra och irritera opponenter.

"Nej, verkligen. Det blir trevligt. Jag antar du menar Elvis och Chlôe? Ja, de är trevliga. Jag skulle tro Rådet tyckte de kunde vara behjälpliga. De är verkligen mycket existentiella."

"Jag tror även vi mött dem i en eller två existenser." Sa Stig. Lola höll med.

"Ja, de är verkligen trevliga. Det ska bli kul att jobba ihop." Sa hon medan hon tittade på några igelkottar som dansade vid dikeskanten. De vinkade ledigt åt våra vänner då fordonet passerade.

"Ah, så är vi här." Sa Dirk och parkerade bilen utanför vad som såg ut som en trevlig gammal landsortsrestaurant. Gruset kippade under den tunga bilens hjul. De klev ur och kände den heta sicilianska solen.

"Vi har varit här förr tror jag," sa Stig, " för ett år sedan eller så." Han mindes den trevliga atmosfären.

"Ja, jag minns. Det var en pilot, och ett antal Vespa förare."

En hund såg på dem då de närmade sig dörren. Den gick sakta och la sig i skuggan under ett olivträd. Den digitala solen var het, och färgen var mycket ljust gul. Nästan vit. Färgen ökade känslan av hettan. En sorgsen kormorant svepte förbi ungefär 20 meter ovanför dem. Den flaxade inte. Den hade ypperlig termodynamisk kontroll. Hettan från den digitala solen fick den digitala luften att stiga och fågeln seglade på jetströmmen. Den försvann ut över vattnet. Det digitala vattnet. Ni får ursäkta om jag upprepar mig, men jag finner det otroligt hur Rådet och deras anställda lyckats skapa en hel värld av bara ettor och nollor. Tänk bara. Inget av det vi ser är det det representerar. Inget existerar förutom det vi skapar i våra sinnen. Sinnen som verkligen bara är rader av kod skapade av kodmonstren vid Hillier, Burbank & Szieverts, byrån vid Times Square, New York. Vilket bara är en string kod skriven av Rådet för tusen och några år sedan. Om en iakttagare utifrån kunde se vårt universum skulle denne nog undra vad det var. Jag har aldrig varit utanför själv. Nu talar vi inte om utsidan, där vespagänget arbetar, där Jean Sol, Stig, Lola, Elvis et al var för tillfället, nej, vi talar om den absoluta utsidan. Utanför vårt universum. Bak- och framsida. Vissa har diskuterat detta i filosofiska termer. Vissa har försökt starta hedniska religioner baserade på outerianska synsätt. Enligt denna tes finns en åldrig karaktär utanför. En karaktär som har skapat allting. Karaktären låter sin skapelse tro det handlar om naturen. Idén specificerar även hur karaktären lever. Oh ja, den lever. Det är den yttersta perfektionen. Det har funnits i evighet. Det dricker sitt kaffe med två sockerbitar. Det tar Lapsam Souchong te vid fyratiden. Det har långt skägg, och äger ingen rakhyvel.

"Låt oss gå in och få lite kaffe före måltiden." Sa Partre. Hans vilda öga tittade på en hare som sprang över ett närbeläget fält. De klev in. Den digitala luften var mycket trevlig. En jazzpianist vid baren log mot Stig. De var gamla vänner från flera parallella existenser.

"Here's looking at you, Trevor!" Stig vickade hatten åt musikern, som svarade med att spela 'Bossa Gardens' av Edelstein. Lola tittade på sig själv i en digital spegel. 'Inte illa, om jag får säga det själv' sa hon för sig själv. Det fick hon så gärna. Hon var en perfekt digital replika av en servitris från 50 talet, men hon hade också personlighet. Det var del av vad som var i fara nu. Vad våra vänner måste rädda. Hon var vacker.

Caféet var ganska tomt då Partre och våra vänner gick in. En liten grupp vid ett fönster mot havet och en ensam dam i grönt och med leopard skin pillbox hatt vid bardisken sökande efter sanningen i en martini. Bartendern var en nyare version av 'Stig'. Han hade ingen mustasch, vilket var bra eftersom han skulle se mindre bartenderaktig ut med mustasch. Servitrisen, Lola, var en bra version. Hennes rosa servitrisuniform inklusive hatt var mycket femtiotal. De hälsade sina kopior och filosofen.

"Välkomna till vår humbla lya. Vad kan vi göra för er?" Lola såg på de nyanlända.

"Kaffe och en meny, tack." Sa vår vän med ögonen, Jean Sol. Sällskapet satte sig vid ett bord. Stig startade sin pålitliga gamla Coffeedarling ™. Ljudet av vattnet som pressades genom kaffet var härligt, och Partre klickade med tungan mot framtänderna. Detta var en av hans minst uppskattade ovanor, och Heidegg, den Tyske filosofen, sa en gång att han inte kunde vara kvar i rummet om inte Jean Sol slutade med det där. Vår vän uppskattade ärligheten och sa;

"Självklart. Man måste alltid följa sina övertygelser, hur barnsliga de än må vara och även om de kommer att hindra en från att delta i vad som möjligen är århundradets viktigaste konferens. Om du vill vara en liten surpuppa, så var då det!"

Det sägs att Heidegg lämnade konferensen omedelbart, och den väl kända fiendskapen mellan de två startade nog där och då.

"Jag går, omedelbart. Alltid dessa Fransmän." Heidegg var en man med principer. Ett av Partres ögon såg på honom då han gick. Det andra läste konferenstexter. Den berömda europeiska folkfamiljen hade återigen visat sin oerhörda principiella överlägsenhet. Så klickande hade definitivt haft viss inverkan på internationell filosofi. Kaffe serverades. Stig talade om för servitrisen att de väntade på ett par, Elvis och

Chlôe.

"Ah, jo, de bör komma snart. Rådets representant för Sicilien, Herr Dagenbach har upplyst oss."

En sportbil, en MG, svängde in på parkeringen. Jean Sol kände igen de som satt i bilen och annonserade;

"De är här. Bra. Nu måste vi planera för det aktuella problemet." Han reste sig och ordnade fler stolar åt sällskapet, som avnjöt sin espresso då våra två hjältar anlände, såg sig om i rummet och léende närmade sig bordet.

"Ah, mina vänner, en sån trevlig överraskning. Jag antar att även ni blivit kallade av rådsrepresentanten?" Elvis tog av sin Travelers Hat ™ och assisterade sin dam som satte sig tillrätta, varpå han själv satte sig ned.

"I sanning, det har vi." Försäkrade Jean Sol med en nick. "Vi misstänker att detta ska bli mycket intressant i sanning, och undrar om det inte kan finnas en ingång till processorkärnorna härifrån." Han synade intresserat lokalen.

"Ja," sa Chlôe, " det är mycket möjligt. Vi fick vissa signaler på existentiometern i vår MG." Existentiometer var standardutrustning i alla fordon i trakten kring kärnan. Ni undrar säkert vad i herrans eller himlens namn eller inget av de två en existentiometer är? Ja, i korthet kan man säga att det är en mätare som mäter graden av existens, av autenticitet, i omgivningarna. Den skulle indikera läckage av existens från processorutrymmet. Det var mycket allvarliga saker. Jean Sol klickade sin tunga och vidrörde sin i allt tämligen omfattande näsa med en penna. En blå BeC ™. Det låg spänning i rummet. Man kunde höra en sorgsen igelkott samla löv för sitt bo under en närbelägen veranda. En sång kunde även den höras, från en radio vid ett öppet fönster. Sången var sorgsen. Det var en gammal chanson om en gata i Paris där konstnärer brukade bo. Det var om förlust, och om livets skörhet som sådant. Samt om hur kaffe kan skada magslemhinnan. Mycket sorgligt i sanning.

"Vi borde försöka strukturera inför det här uppdraget." Jean Sol reste sig upp. "Vad säger ni, ska vi dela upp oss i grupper så vi kan täcka ett större område? Det är omfattande ytor därinne, och mycket förvirrande, tro mig." Han såg på Elvis, som han kände han kunde lita på. Elvis hade nåt liknande i tankarna.

" Ja. Om ni tre går åt ena hållet, och Jag och Chlôe åt andra. Det bör vara mer effektivt än om vi alla täcker samma ytor."

De övriga höll med och så blev det bestämt. Menyerna såg intressanta ut och våra vänner bestämde sig att ta middag innan man begav sig in i processorområdet.

Brisen var mycket trevlig. Vågorna långsamma och lätta. En mås satt på en påle vid piren och iakttog en reflektion i vattenytan därute. En trålare lade ut för Herringfisket. En Kormorant satt på en klippa och solbadade. Den höjde först höger, sen vänster vinge. Mycket klokt för att kyla ned blodet. I den riktiga världen. Här i Holo World ™ var det för att kyla pixelstrukturen. Hur som helst, en effektiv metod. Se där, ett exempel på att Holo World ™ kopierade Real World ™. Plötsligt stördes vykortet (ja, världsbilden var egentligen inget annat än ett vykort från en kiosk i södra Palermo) av en djup spricka tvärs över bilden. Kreatur och föremål av alla slag svämmade in i pixel landskapet. Ett bra exempel på vad som skulle ske om det existentiella traumat utvecklades till en fullfjädrad pixel psykos. Den plötsliga Zebran som gick över parkeringen, och Gnuerna som betade på gräsmattan utanför verandan vid restauranten oroade våra vänner.

"Se, det eskalerar. Låt oss äta detta mål och sen tror jag dörren därborta är värd ett försök." Filosofen pekade på en dörr vid köksentrén. Det är sant, den dörren var troligen inblandad på nåt sätt. En mycket liten tågstation vid en liten minidörr i den stora dörren indikerade på något sätt en möjlighet att ta sig in till kärnorna. Tunneln, in i vilken tåget med jämna mellanrum försvann, var mycket liten, så de måste först lista ut storleksbiten. Chlôe insåg att hon sett något liknande tidigare.

"Det kanske inte är något, men jag har en känsla av att jag vet hur det här fungerar. Elvis, kommer du ihåg tunneln i Palermo, från min farbrors restaurant, och spegeln?" Elvis mindes vad hon menade.

"Ja, vilrummet på övervåningen. Ok, vi kan försöka. Spegelväggen vid dörren är sannerligen väl placerad." Han pekade på speglarna som täckte väggen vid dörren. Det var verkligen en typisk Rådsmetod, att låta folk transcendera via speglar. Öppningar in i andra existenser. Eller in i intigheten.

Måltiden var utsökt. Ostronen och Beluga ™ kaviaren var en ypperlig kombination med bubbelvattnet. Stig kom över med kaffet själv. Han hade ett nytt, vitt, förkläde, vit skjorta, och svarta byxor. Skorna var perfekta. De såg ut som ett vykort från 50 talet. Eller en Hupper målning. De var faktiskt bägge kopierade från den kända Hupper målningen 'NightBirds'.

Elvis tänkte för sig själv att Rådets specialister hade mycket god smak. Jean Sol tänkte också för sig själv. Han tänkte på hoppet in i nästan Intet ™ de snart skulle göra. Han tänkte på den kärlek han lämnat kvar i Montparnasse ™. Han tänkte på att han alltid gjorde det han trodde vara bäst. Han avslutade det hela med att tänka på vad Heidegg skulle ha gjort.

"Han skulle troligen ha lämnat byggnaden." Sa han.

"Va?" Sa en skugga från trettiotalets Berlin.

"De Nada." Sa en trött och sur riddare som passerade på sin väg för att döda jättar. Det underliggande sammanhangets existentiella trauma här var helgalet. En skylt verkade flyta genom rummet. På den kunde läsas 'Tag Plats. Avgång om 10 minuter'. Våra vänner läste skylten innan den gled ut på verandan. De började röra på sig. Samla ihop sina tillhörigheter. En hatt här, ett brutet löfte där. Elvis och Chlôe steg upp och föreslog att de alla skulle gå till spegelväggen och titta in i den. Sagt och gjort. Alla reste sig och gick till spegelväggen. Ett litet tåg kunde noteras på golvet vid den lilla tunneln.

"Hur i herrans namn ska vi komma in i det där lilla tåget?" Lola såg bedjande på sin tvilling.

"Oroa dej inte, " sa vår Lola, "det blir a Pizza Cake." Hon log och höll sin pixelsyster i handen. Filosofen kände hur autenticiteten gled undan, och visste de var på rätt väg.

"Bara följ mej," sa han, " se in i tomrummet och vi borde inkluderas."

De stod alla vid spegeln. En giraff promenerade förbi. Den var del av spillet över från intet.

"Ignorera den. Den försöker bara förvirra oss. Jag har sett sånt här förr." Sa Elvis och hänvisade till en incident i Stockholm för några år sedan då en flock Gnuer galloperade tvärs över Sergels Torg skrikande om tomheten. Jean Sol kysste ett minne och Simone kom drivande genom lokalerna. Hon skrev en bok om kvinnor i den moderna världen. Han kände en tår i ögonvrån. En medvetenhetens antilop viskade om hopp och förräderi och blev påtagligt diffus innan den bleknade bort. Stig hittade ett glas att torka av med en serviett. Allt var mycket lustigt.

Kapitel 9

Mörkret var som sammet. Mjukt och jämnt, 'varmt' på ett sätt kunde man kanske säga. Chlôe vidrörde väggen framför sig, och reagerade med att sucka. Väggarna var levande, eller i alla fall programmerade att ge det intrycket. Ett skrivbord dök upp ungefär 20 meter bort. Där satt en person och skrev eller redigerade ett dokument med skrivmaskin.

"Det kommer att bli sorg. Endast de med vidöppna ögon kommer att överleva. Och vad är liv? Finns liv? Om så, för vem?" Den vandrande profeten utan orsak och syfte var noga att han/hon/det inte klev på fel pixlar. Det fanns rätt pixlar och det fanns fel pixlar. Rätt pixlar var de markerade med sorg. De bad att bli trampade på. Fel pixlar var markerade med vrede. De utmanade den gående att kliva på sig. Profeten visste detta. Blodet på hans/hennes/dets vrister och axlar berättade en uråldrig historia om begär och förlorade ideal.

"Jag har bara smärta. Jag ÄR smärta. Mina vrister och axlar ber er att sända mig hälsningar och tankar."

Chlôe kysste diskretionen och vinkade åt profeten.

"Jag hör dej, vandrande profet. Alla mina gudar är sedan länge förlorade. Jag tvättar dina vrister och axlar med mina tårar. Vi är ett. Bestiger detta berg tillsammans." Hon stannade och vidrörde sina gårdagar. Dessa skrek och höll inte med. De försvann i ett ostron av uråldrighet. Det skulle ha fått henne att undra. Hon noterade ett flämtande ljus där framme. Tåget stannade för nya påstigande. En kvinna och en man, eller vad som verkade vara, klev på tåget. Chlôe satte sig ned vid ett fönster i en Pullmanvagn. Elvis öppnade fönstret en bit och satte sig ned. Han verkade nöjd.

"Vi stannar ett par gånger på vägen till kärnorna. Vi får inte låta stationsföreståndarna lura oss. Deras uppdrag är att få folk att inte åka till kärn området och processorlabyrinterna." Han såg på Chlôe och sedan pekade han på mannen som närmade sig från stationshuset. Han vägrade prata med folk på perrongen, men anklagade tågföraren och konduktörerna för att sälja falska drömmar.

"Ni vet lika väl som jag att inget av det blir vad era passagerare önskar." Sa han medan han lutade sitt huvud åt höger. Detta var inprogrammerat i hans behaviouristiska kärna. Psykologin bakom detta var välkänd vid akademin. Tågpersonalen, å andra sidan, hade programmerats att ignorera sådana förljugna planer. De hade alla små hinkar med våt persilja, vilken de med glädje kastade på stationsföreståndaren. Hans svarta uniform med röda sömkanter var alldeles blöt och smutsig. Hans hopp om att för en gångs skull få leverera sin tirad ordentligt föll samman som en döende gås. Skakade spasmodiskt i ungefär tjugo sekunder och gav sen upp och rullade över på rygg. Det var riktigt sorgligt att se förnedringen och skammen, men alla närvarande visste att detta var kostnaden som måste betalas för ett så trevligt och ordentligt jobb.

Filosofen var äcklad.

"Vidrigt," sa han, "hur degraderande att krypa i smutsen som ett subhumant kreatur." Han skulle aldrig acceptera ett liv utan autenticitet, vilket var vad han tyckte stationsföreståndaren levde.

"Det är på intet sätt acceptabelt för en personlighet, mänsklig eller annorledes, att undvika att följa sitt kall. Det kan inte, per definition, vara ett kall att få våt persilja kastad på sig själv på det sätt vi precis noterat." Han pekade på personen på perrongen, med vatten och persilja droppande från sin person. Det kunde aldrig accepteras.

"Vidrigt." Filosofen snöt sin näsa i riktning mot perrongen. En del av innehållet i sagda näsa landade i brösttrakten på stationsföreståndaren, som började gråta. Filosofen skrattade bara och sade

"Låt det bli en läxa, din fjant." Tåget började rulla. Ljuset utanför var aningen dimmat. allt enligt programmet för simulering av afton. Stig och Lola var lite känsliga på grund av grälet och den gråtande stationsföreståndaren, men Partre påminde dem om att föreståndaren bara ville förstöra deras uppdrag, så det måste göras. Vad det än var som blev gjort.

"Jag antar att vissa inte kan hantera verkligheten, men den är vad den är, och det blir bara värre då vi närmar oss kärnområdet." Han gestikulerade vagt mot någon blek framtid. Eftermiddagen blev till kväll.

Medan de satt och pratade rofyllt om det ena och det andra kunde de inte undgå att notera hur landskapet utanför gradvis förändrades. De vida slätterna och kustlinjen byttes ut mot den gamla världens tjärgropar.

"Det här ser inte trevligt ut." Sa Stig. Han pekade på utsidan och såg på de andra.

"Sant, men det är ändå bättre än intigheten vid slutstationen. Kom bara ihåg att det blir bättre bara vi kommer till kärnområdets 'Intet'. Där kommer vi att få se alla möjliga typer av intressanta och otroliga existenser." Partre fick ett antal filosofrynkor i pannan. Elvis och Chlôe höll varandra i handen och verkade vara i ett helt annat universum.

"Vi går åt höger vid stationen," sa filosofen, "ni kan följa karavanen som kommer att bildas, till vänster. De är pilgrimer som söker sitt syfte. Ni kan följa dem tills ni kommer till Bethany, en sista utpost före labyrintens vildmark." Han såg på Elvis och Chlôe, som nickade och höll med. De hade ingen aning om vad som väntade dem i kärnområdet, och hur skulle de kunna det, ingen av dem hade någonsin varit där förut och sett sin existens i silhuett mot Intet.

"Det blir bra," sa Elvis, "vi tar det som det kommer." Han var van att hantera både det ena och det andra. Sydafrikanska gangsters, bussturer i Kongos vildmarker. Chlôe höll med.

"Ja, vi har gått igenom mycket och kommer ta oss igenom det här också." Hon såg det underligt döda landskapet flyta förbi utanför fönstret. Då och då såg de ljus som flimrade långt borta. Partre förklarade att det rörde sig om idéer som inte var livskraftiga nog att existera. De var många, sa han, och de kunde vara dödliga om man tänkte för mycket på dem. Så det bästa var att bara ignorera dem.

"Bara ignorera dem. De är inte värdiga och kommer bara att skada ert vara." Han justerade sin jacket och scarf. Ljusen verkade inse att de inte skulle få uppmärksamhet och dog ut. Natten anlände.

Det omgivande mörkret presenterade sig själv. Det kröp in genom vagnens väggar och fönster. Biljettkonduktören började blekna. Biljetten han höll i sin hand började brinna. En katt korsade hans väg. Katten var svart. Dess namn var Mamie. Ett gårdagens spöke flög genom vagnen. Det behövde inte använda korridoren, utan flög genom väggar och säten och de Holo ™ personer som satt där. Detta hände då och då, och har egentligen ingen betydelse för den här historien, annat än som bakgrund för den allmänna stämningen. Den enda av resenärerna som inte oroade sig var Partre, filosofen. Han hade varit här förut och visste om alla problem och falska vänner. Han var även medveten om att så snart de lämnade stationsområdet vid kärnan, skulle de skapa sin egen verklighet. Till och med tydligare än i den verkliga Holo verkligheten. Vilket inte ens var någon verklighet som sådan, men allt är, som Eisenbergh sa, 'relativt'. Det som skedde i Holo personens inre, måste på en eller flera positioner även ske i den yttre Holo Existensen. Det landskap de såg utanför var egentligen inte annat än deras egen oro och fruktan reflekterad.

"Fruktan," sa Jean Sol, "är en kraftfull fiende, och det kan även vara en mäktig allierad." Han pekade på ökenlandskapet utanför. "Detta är inget annat än vår kollektiva rädsla för det okända. Var glada att jag är här, annars hade det troligen varit ännu värre. Eisenbergh förklarade det ypperligt. Allt är relativt. Och på något sätt relaterat. De digitala bilderna reflekterar vårt inre. I verkligheten finns inget alls därute. Vi är på en skyttel genom intet." Han må ha försökt lugna ner stämningen, men jag tror inte det fungerade så bra. Sällskapet verkade tämligen nervöst, om sanningen ska fram. Slutstationen syntes nu framför tåget.

"Där. Slutstationen. Notera de diffusa personligheterna som svävar i området. De är läckor från bakgrundshistorien, iscensättningen för Holo World ™. Jean Sol pekade på diffusa personer som svävade runt stationsbyggnaden. Lola viskade nåt om vilken underlig existens det ändå var, och Stig höll med.

"Sant. Mycket underlig, och vårt jobb är att styra upp det hela, eller hur?" sa han och såg på de andra.

"Ja, det blir bra." Sa Elvis. Chlôe nickade. De närmade sig stationen. De kände autenticiteten sippra ut genom gallret som skulle hålla den kvar därinne. Ett antal grå individer vandrade runt på perongen där framme. 'AIn på rymmen', enligt Partre. En mjukt jazzig melodi av Mellingford Jean, 'the Slow Morning', hördes i tåget. Det var den perfekta melodin för att anlända till kärnan, enligt en av Rådets utvärderingar. Den perfekta kombinationen av hej och hejdå. Lite sorg och en glimt av glädje trots allt. En stationsföreståndare dök upp på perongen. Han ville få passagerarna att stanna kvar på tåget och lämna kärnområdet igen.

"Detta är slutet. Ingenting kan åka längre. Alla de som lämnar tåget på stationen kan bli indragna i plottgeneratorerna när som helst, var försiktiga." Han såg på sina egna fingrar då han sa 'var försiktiga'. Han påminde om en tidigare fransk president. Han var mycket lång, och hade en kombination av väldigt stor näsa och tandborstmustasch.

Lola tyckte han var mycket imposant. Hon beundrade hans militärhatt och mantel.

"Mycket proper och distingerad." Sa hon. Föreståndaren draperade sig själv i sin mantel och försvann på ett Draculaesqt vis in i skuggorna. En sorgsen och troligen mycket ensam pingvin valsade över perongen. En storbandsmelodi kunde höras i bakgrund åt lokets huffande och puffande. Det var mycket passande.

Våra vänner tog sina tillhörigheter och klev av tåget. Natten var fuktig och osund. Stationsföreståndaren beság dem på avstånd. Han gjorde en gest som antydde att det vore bättre om de klev tillbaka ombord på tåget. Proceduren för att löskoppla lokomotivet och koppla på det igen på andra sidan av tågsetet var omständig. Någon hade, i ett dimmigt förflutet, beslutat att detta var att föredra framför att bygga en rondelliknande vändplats. Medan detta pågick försökte vår filosofvän lokalisera närmsta café. Ett 'Rail-O-Matic ™, med fullt ut automatiserad service, och där man åtminstone skulle kunna få en kopp acceptabel espresso.

"Där, i stationsbyggnaden, jag använder ofta dess tjänster. Utmärkt." Han pekade på byggnaden med en skylt vilken sade 'Last Stop Station. Kaffe serveras'. Det var en mycket tråkig byggnad. Grå och eländig. Som ett skyddsrum.

"Det ser nog tråkigt ut, men kaffet är utmärkt, och vi kan diskutera framtiden."

Sällskapet klev på och leddes av Partre till kaffeautomaten. Maskinen gav kunden en blick och bestämde vad den ville ha. Partre förklarade att det ibland kunde bli lite lustigt, och förvirrat. Stig fick het löksoppa. Lola varm choklad. Elvis en espresso. Chlôe kallt te. Filosofen en näve kallt grus.

"Som sagt, alltid intressant," inflikade Partre, "alltid intressant."

Våra vänner stod stumma av hänförelse inför teknikens under. Maskinen avslutade det hela med att be dem att högaktningsfullt fara i våld, varefter den rapade hjärtligt.

"Ja, kaffet är ok, men vi kanske skulle gå vidare. Jag ser några sprickor i väggarna därborta vid biljettexpeditionen." Elvis pekade mot bortre änden av rummet. Filosofen höll med och de gick ut. Det fanns två vägar, en till höger och en till vänster. Elvis hade föredragit den åt höger, eftersom den verkade minst använd.

"Elvis, om du och Chlôe tar den åt höger, och jag, Stig, och Lola går åt vänster, verkar det som en plan?" Partre pekade på de två vägarna. Elvis tyckte det verkade ypperligt.

"Ypperligt." Sa han. De kom överens om att leta efter läckande vara och autenticitet på rymmen.

"Ok, och så möts vi här inte senare än artificiell gryning?" Chlôe nickade. Stig och Lola justerade sina strumpor och ryggsäckar. Stig hade sin gamla trogna tyrolerhatt vid namn Helmuth på sig. Elvis kände sig en aning sorgsen då han såg de tre vandrarna försvinna in i det dimmiga mörkret. Chlôe koncentrerade sig på vad som väntade istället för på det förflutna.

"Kom," sa hon, "låt se om vi kan hitta orsaken till våra problem."

De gick i stadig takt, och noterade att brummet från processorerna var tydligare här. De noterade även hur håret på armar och huvud reste på sig, elektriskt. Natten var minst sagt skrämmande. Det fanns inga stjärnor här eftersom det inte fanns nåt himmelshologram. Bara vägen. Och omgivande mörker. Längre fram syntes några flämtande ljuspunkter.

"Det är troligen processorsskötarkontoren." Sa Elvis. "Partre sa att våra problem troligen härstammade därifrån, och att de kunde vara krångliga att navigera. Labyrinten, du vet." Han indikerade ett labyrintmönster med händerna. Där fanns verkligen en labyrint. En neural labyrint. Skapad i syfte att försvåra åtkomst till kärnorna.

"Tror du vi hittar igenom och finner problemet?" Chlôe antydde några oförutsedda framtida problem.

"Vi klarar det. Helt klart. Men kom ihåg att vara lugn. Vad som än händer, det är bara i ditt sinne. I din AI. Ingenting existerar förutom det du själv vill ska existera. Låt oss hoppas vi är kluriga nog att hitta källan till läckan." Elvis hade gott hopp att de skulle ordna det. Tvivel skulle bara skapa problem.

Filosofen tog täten. Stig och Lola följde honom längs den mystiska vägen. En motorcykel närmade sig. Den stannade ett hundratal meter bort. Föraren hade en läder bomberjacka, ridbyxor och goggles. Hatten såg ut som nåt Brando skulle kunna bära. Han tände en cigarett.

"Kom," sa Partre, "han försöker bara få oss att tappa modet. Ignorera honom." Han hade sett det förr. "Jag känner igen hans typ av AI. Jag har sett det förr." De gick vidare. Där borta såg de en förvirrande kurvig korridor.

"Vad är det?" Frågade Stig. "Ska vi gå in där?"

Filosofen tittade på irregulariteten där framme och nickade mot den.

"Jajamen. Vi måste följa den till källan. Där borde vi hitta Elvis och Chlôe. Med bara lite tur och en chansning, kanske nån av dem, eller av oss, då har hittat källan till våra läckande jag- och autenticitetsproblem." De gick vidare. Motorcykeln startade. Den kom närmare. Föraren var en kvinnlig AI med rött brinnande hår. Då hon åkte förbi såg hon på filosofen, och om hon kände något maskerade hon det perfekt.

"Det är Medusan. Hon samlar själar och för dem till centralkärnan. Akta er för henne. Speciellt för håret. Såg ni? Långt och vackert. Inte hår, utan ormar. Det är möjligt att vi måste möta hennes chef för att ta oss dit vi ska. Färjekarlen."

Luften blev plötsligt kyligare. Eller rättare sagt, pixlarna som simulerade luft programmerades att under vissa omständigheter framkalla känslan av rädsla inom AIn. Lola gillade det inte, men hon visste att de måste gå dit filosofen ledde dem. Stig justerade sin Österrikiska hatt och undrade om det kanske fanns nån trevlig restaurang framöver. Partre, ja, han 'filosoferade'.

Korridoren, eller deras del av labyrinten, var enorm. Entrén var en mycket begränsad dörr. Stig var tvungen att böja på ryggen för att komma in. Det var, tror jag ni förstår, en korridor som inte var menad att locka besökare.

Labyrinten runt den innersta kärnan var ett mästerverk av filosofisk ingenjörskonst. Varje sväng var en ny händelseinriktning och en överraskande fysisk upplevelse. Självklart inte fysiskt per se, nej bara som representation.

Våra vänner närmade sig kärnan från motsatta håll. Detta för att täcka båda ingångarna och vara säkra på att mötas vid kärnan. Sedd utifrån var labyrinten en mycket förvirrande hög av böjda korridorer anslutna till sig själva vid varje möjlig och en hel del omöjliga punkter. Det yttre mörkret berodde självklart på att det var hopsamlat intet. Korridorerna var bara en representation av vara, antitesen till det yttre intet. Syftet med denna delade samexistens var såklart att tvinga autenticiteten bort från intet. Vågen var ett mycket känsligt balansinstrument. Allt som krävdes för att rubba balansen var att ett eller flera sinnen förde icke existentiella visioner eller någon typ av trauma som påverkade kärnans kontrollcenter. Våra vänner var relativt säkra på att detta var precis vad som hänt. De skulle korsa dessa korridorer och försöka hitta pudelns kärna. En viss Senor Cadrillanos skulle göra allt han/det kunde för att de inte skulle lösa gåtan. Detta var en Holo ™ personlighet av värsta slag. Den kunde inte acceptera individer, eller individuell frihet. Detta även om det som här endast rörde sig om föreställd Holo frihet.

"Jag är Tes," hävdade det, " jag är det på vilket alla modeller av tänkande är baserat. Jag skapade inte frihet. Därför kan det inte vara." Tes, eller Senor Cadrillanos, hade vuxit i vetskapen om sitt eget överlägsenhet, hade fått veta att det var perfektion. Med den vetskapen, hur skulle det någonsin kunna acceptera att andra varan blev centrum i sin egen existens?

"Jag är mittpunkten. Jag är. Jag." Dess åsikt kan verka skev för dig, käre läsare, men minns att det bara är existentialism. Allt någon vill göra är rätt, så länge det ses som rätt även för andra. Den biten hade Tes missat i sin läsning av Partre. Att andra varan hade sina egna separata viljor. Detta är såklart faran med filosofi, att individer väljer bitar av en tes, och ignorerar helheten. Och, ja, existentialism hade brister. Den var en tes skapad av människor, och alltså inte felfri. Den moderna varianten hade mer av säkerhet invävd. Holo ™ personligheterna var fria, javisst, men inom rimliga gränser. Partres idéer menade att människor var mogna att ta ansvar för sin frihet. Att de inte hade något annat val. Denna idé hade resulterat i ett antal krig och politiska ideer inkompatibla med en etisk syn på existensen. Holo varianten hade säkerhetsbromsar. Om en personlighet försökte ta över Holo världen skulle den automatiskt stoppas från detta. Tes hade hittat en bakdörr och lyckats skapa läckor av vara och existens ut i 'intet'. Senor Cadrillanos, som föredrog att kallas 'Tes', hade planer att fylla intet med vara och autenticitet, och ta över domänen för att skapa ett imperium. Ett sinnets imperium.

"Mitt sinne är ett kungarike. Jag härskar i mina domäner. Ergo, jag styr världen. Jag ÄR världen." Tes led av ett flertal oroande mentala åkommor. Dets syn på sig själv saknade proportioner, kan man säga. Senor Cadrillanos delade dessa åkommor med ett flertal historiska ledare. Mestadels despotiska ledare på yttersta vänster- eller högerkanten. Dess galenskap var farlig i det att den, om den tilläts utvecklas fullt ut, skulle kunna radera den totala Holo världen ™. Det enda hoppet för närvarande var en Holo ™ personlighet av en fransk filosof, två Holo personligheter från en bar, samt de vanliga misstänkta; Elvis och Chlôe. Även de Holo ™ personligheter, från Stockholm.

Så sant. Så våra vänner kämpade för att ta sig till vad de såg som en labyrint. De hade ingen aning om vem denne Tes var, eller att en sådan Holo personlighet ens existerade.

"Vad är det där, där borta?" Chlôe pekade på labyrinten framför dem.

"Jag måste säga att jag har ingen aning, eller rättare sagt jag kan lika gärna säga att jag har ingen aning, för jag har ingen aning." Elvis tänkte att det kanske var nån typ av korridor. Kanske en kontorskorridor. Jag tror att hans historia, delvis med Chlôe, antydde att om det hade formen av en korridorsstruktur, kunde det mycket väl vara just en kontorskorridor. "Det kan mycket väl vara en kontorskorridor. Kom ihåg att vi gått i korridorer från ena sidan av universum till den andra. Ja, jag skulle föreslå att det är en korridor." Elvis såg på strukturen och nickade. Sedan såg han på Chlôe. Hon verkade hålla med om vad han föreslog. Han tänkte att 'livet är bra underligt, och som tur är har det Chlôe och decaf'. Chlôe, å andra sidan, tänkte att 'jo, livet är underligt men med lite tur skulle det kunna finnas en restaurang i närheten. Biff och stekt potatis vore trevligt om ett par timmar.' Hon var mycket praktiskt lagd ibland, Chlôe. Ibland kunde hon spendera timmar läsande Heideggs svarta anteckningsböcker. Hon var en komplex Holo ™ personlighet. Elvis tog sitt decaf med socker. Chlôe föredrog espresso med koffein. Som antimateria och materia. Varandras motsatser men nödvändiga för den andres existens.

"Det är nån typ av dörr där framme." Hon pekade på vad som i sanningens namn såg ut att vara just en dörr. "Vi provar åt det hållet, eller hur." Hon gick stadigt mot dörren. Elvis följde henne, och tänkte 'lika bra, det verkar inte finnas så mycket att välja på.' Dörren var en 'en av miljontals' statliga departementsdörrar. Blåaktigt grå. Med en liten skylt på vilken det stod 'ingång förbjuden'. Chlôe försökte öppna den. Den var låst. Hon såg sig om. Det fanns en liten krok med en nyckel bredvid dörren.

"Den här, kanske." Sa hon och sträckte sig efter nyckeln. Den plötsliga rörelsen startade nån typ av kedjereaktion. Startade en virvel. Virveln svalde dörren, stigen de vandrat på, och slutligen även dem. Allt blev svart.

"Det här måste vara 'intet'." Ylade Elvis. Han kunde inte se Chlôe någonstans. "Var är allt? Varför och mest av allt, när?" vår manlige protagonist var förvirrad. Allt hade försvunnit. Han tänkte att detta hänt flera gånger i hans förflutna, och han var ännu vid liv, så det var lika bra att ta det lugnt. Ett ylande ansikte ur hans förflutna kom vrålande förbi hans bänk. Ja, han insåg att han satt på en grön parkbänk. Bitar av en park började växa upp kring honom. En halv hund gick förbi. Det sa hej, och drev iväg in i mörkret. En underlig bensinstation dök upp ett par hundra meter bort. Vi vet vilken mack det var. Elvis hade ingen aning. Chlôe var i en annan dimension. Hon var i Milan på operan. La Traviata. Hon hade en bra stol.

"Bra stol, i alla fall. Efteråt tar jag en promenad i gallerian. Jag behöver lite parfym." Som sagt var, hon var mycket praktisk, vår hjälte. Hon tänkte 'när man ändå är i

Milan kan man lika gärna shoppa lite.' Operan var perfekt. I pausen erbjöds snacks och bubbelvatten. 'Ödet', tänkte hon, 'måste vara på riktigt gott humör ikväll'. Det var det, eller rättare sagt de kodrader hon existerade enligt hade trevliga händelser inskrivna.

Världen var galen, och Tes skulle göra den ännu värre. Vad ska hända i nästa kapitel? Kommer våra hjältar att mötas igen? Var? Filosofen? Stig? Lola? Många frågor och en hel del tvekan.

Kapitel 10

Gatorna dök helt enkelt upp där, på avstånd. Där fanns trafikljus. En äldre man korsade gatan. En gul buss, möjligen en skolbuss, hade stannat. Den gamle mannen gick sakta, med rollator. En bil tutade. Plötsligt skar en spricka genom scenen. Ett 'Pfuitt' kunde höras då en äldre man, en skolbuss samt en rostig bil försvann ut från intet. Förmodligen in i någon typ av förvirrat vara. Detta hände regelbundet. Något dök upp i intet, kanske kommet ur en av de många sprickorna. Sedan försvann något därifrån. Ibland samma sak som nyss kommit. Samtidigt försvann saker; Holo personer, bilar, hundar eller någon annan Holo ™ entitet, från varat i Holo Världen, och något kunde bara dyka upp. Ett hus, eller kanske en katt eller bil, helt apropå. Kanske i en stad på ett torg. Det ökade bara underligheten hos existensen i Holo ™ världen, autenticiteten fick sig några riktiga smällar och 'Intet' blev rikare på något vis. Hur som helst, saker var inte som de borde vara.

"En mack. Här ute i intet. Mycket underligt må jag säga." Elvis uppskattade inte den del av intet som nu kastat en bensinstation i ansiktet på honom.

"Jag undrar om det finns nån personal där? Kanske har de Hot Dogs, eller chips." Elvis planerade tv kvällen. Stationsföreståndaren, Everett, borstade plattformen med en av sina favoritkvastar. Den han kallade 'Lloyd'. Nåväl, han borstade, och en del föremål dök upp medan andra försvann.

Som en buss som en gång stannade på plattformen, och ett antal personer klev av. Bussen försvann med ett 'ffoff'. Tre passagerare strandade på Everetts plattform.

"Vad, här kan ni inte stanna. Det här är en bensinstation, inget hotell." Han var lite irriterad över att de strandade passagerarna inte bara kunde gå därifrån. Han skulle tvingas ta hand om dem tills en buss av en slump råkade stanna där igen. Kanske samma buss, kanske någon annan. "Hur ska jag få detta att försvinna?" frågade Everett sig själv. Det kunde han ju inte. Så de fick sova i sovsäckar på plattformen i tre nätter, tills ett räddningsfordon dök upp. Någon hade insett att tre pensionärer saknades och resebyrån hade hyrt det billigaste fordon de kunde hitta för att hämta personerna. Everett blev glad då de for sin väg. Han gillade inte människor. Vilket var anledningen till att han uppskattade sitt jobb.

"Bra så." Var vad Everett sa som sammanfattning. Han gjorde en kopp snabbkaffe i maskinen bakom kassan.

"Kaffe. Livräddare. Vad gjorde jag utan dig?" frågan kom från hjärtat. Everett njöt gärna av en kopp java black.

Plötsligt hördes en röst utifrån.

"Hallå, någon där?" det var såklart vår vän Elvis som ropade. Han hade landat på plattformen. Varat och dess krockar med Intet orsakade ibland underliga incidenter.

"Ja, jag, Everett. Jag är föreståndare och ägare av denna bensinstation. Detta är en bensinstation." Förklarade Everett och öppnade dörren. "Vad, hur kom du hit? Var är ert fordon? Vem är du och varför är du här?" Everett ställde alla frågor han kunde komma på, för han tyckte inte om folk, och han undrade hur han skulle bli av med den här?

"Hur ska du komma härifrån? Vid Zed, vad är detta?" Everett var upprörd. Elvis hade inte tänkt på det; hur han skulle komma därifrån. Han var bara glad att vara där. Eller här. Beroende på var vi är. Eller var vi var. Nåja, det skulle säkert lösa sig, så mycket visste han. Men när och vad, det var frågan. Han såg sig om. Två papperskorgar. Två pumpar för bränsle av olika typer. En skylt upplyste om att enklare maträtter serverades, och att här bedrevs försäljning av kolsyrade drycker. En annan skylt upplyste om att man vid alla tider skulle vara försiktig att närma sig kanten av plattformen för snabbt. Gravitationen var lite opålitlig därute vid kanterna. Ett antal kunder hade insett detta alltför sent. Everett njöt inte av att fiska efter de som glidit iväg.

"Håll avstånd till kanten vid alla tider." Everett indikerade det stora och mestadels tomma Intet som omgav plattformen. Elvis hade inga planer på att hoppa av plattformen. Oroa dig inte. Jag har inga planer på att hoppa av. I ärlighetens namn, jag kom drivande genom detta omfattande intet, och så såg jag din fina etablering, och tänkte att 'där, minsann, där blir riktiga affärer gjorda!, och jag skulle inte bli förvånad om nån sålde Hot Dogs eller liknande där'. Det är vad jag tänkte." Elvis pekade på skylten som sa att enklare luncher såldes här. "Jag kan se att jag trodde rätt." Everett var inte som andra stationsföreståndare, han ville inte ha kunder. Everett tyckte kunder var mestadels besvär.

"Jo, det kanske står så på skylten, och faktum är att enklare luncher, så kallad 'snabbmat', säljer vi." Everett gillade inte alls hur den här konversationen utvecklade sig. "Men mestadels till kunder som köper bränsle till sina fordon. Jag ser inget fordon. Du är en drifter. Vi gillar inte drifters här. Hur har du tänkt dig att komma härifrån? Vart är du på väg? Ok, en varmkorv med bröd, kanske en läsk." Everett tog lite anteckningar. Han såg på Elvis för att se att det inte skulle bli problem.

"Varm korv i bröd blir bra. Och gärna lite vatten." Elvis mage började låta i väntan på maten. Everett nickade och gick till köket i bakre rummet. Elvis inspekterade stationen. Liten och trevlig. Det fanns till och med ett litet runt lila bord och två stolar för lunchgäster. 'Jajemen' tänkte vår hjälte och satte sig ned. Everett återvände från köksregionerna. Han medförde en Holo dog™ i bröd och en transperent Holo plast flaska med pixlar arrangerade att ersätta vatten.

"Här. 5 krediter kommer att dras från ert konto." Han placerade en bricka på det lilla bordet. Elvis nickade och började äta sin måltid. Vilken de facto inte existerade, eller jo, men som hologram föreställande snabbmat. Sensationen var dock densamma som att äta en riktig HotDog. Måltidens kod interagerade med Elvis Holo person. Han kände faktiskt smaken. Och han var riktigt mätt efter att ha 'ätit' pixlarna.

"Det var trevligt, tack." Sa han till Everett, som inte uppskattade att ha honom där, men 'beröm är alltid trevligt' tänkte han.

"De rien, det var inget." Sa han. Han började duka av Holo ™ bordet och frågade "nu, hur ska du ta dig härifrån? Har du några planer?" han verkade genuint berörd.

"Njae, jag tänkte att man kanske skulle kunna hitta nån lift mot kärn området?" han kisade ut i det stora intet.

"Mhm, det är en möjlighet. Det brukar komma ett par långtradare kring mitten av veckan, så i natt får du nog sova i en stol, eller om du vill hyra en sovsäck och sova ute på däcket." Han pekade ut mot plattformen. Vår hjälte gillade inte tanken på att sova i en stol, så en sovsäck fick det nog bli.

"Ok, sovsäck får det bli då. Bara sätt upp det på notan." Elvis såg fram emot att sova på en mack ute i mitten av Intet. Ja, om man nu kan specificera en mitten av 'Intet' vill säga. Jag menar antingen är det Intet, eller så är det Varat. Hur skulle det möjligtvis kunna vara 'lite' intet? Det var vad vår hjälte funderade över. Nivåer av 'intet'. Mörkret var redan där. Elvis hade fått lite näring. Everett funderade på hur han skulle kunna bli av med inkräktaren. 'Jag måste få honom att ge sig iväg. Nå, vi får väl se vad han tycker om att sova utomhus mitt i ingenting.' Så. Everett hade sina planer. Han visste att det var allt annat än trevligt därute. Ibland kom en sen transport förbi och tankade. Även om detta inte hände varje natt var det allt annat än mysigt därute. Det hade faktiskt hänt att ett par vilda sovare rullat av plattformen och försvunnit ut i tomheten. En eller två hade hittats nåt årtionde senare rullande runt där ute. Tråkighet är bara ett ord på nio bokstäver, men efter ett årtionde eller två utan ens en bok att läsa antog ordet en djupare betydelse.

Elvis arrangerade sin sovsäck så väl som omständigheterna tillät. Det skulle aldrig bli bekvämt, men han tänkte att så fort det kom en besökare skulle han fråga om lift till kärnorna.

"Vi ses i morgon då. Jag är morgonpigg, så bli inte förvånad om jag väcker dig tidigt." Everett var ett nystan av glädje. Vår hjälte vinkade åt stationsföreståndaren och drog sig tillbaka in i sovsäcken. Han hörde en mångfald av ljud. Vissa påminde om röster. 'Mycket ljud för att vara 'intet', tänkte han.

Faktum är att de ljud han hörde inte var del av intet. 'Intet', vilket kanske kan förväntas, var tämligen tyst. Det var, de facto, helt tyst. Vad vår bokantikvarie slash hjälte hörde var 'vara' som läckte ut i 'intet'. Kommer ni ihåg den där ondskefulla karaktären som ville ta över tomheten? Yup. Högst densamme. Den var mycket upptagen med att skapa sprickor och hål i det tunna membran av vansinne som separerade varat från intet. Lyckligtvis exploderade inte existensen då den ena mötte den andra. Det som hände var att intets tomhet blev lite mindre totalt definierat som tomhet. Med tiden skulle det troligen även förlora sin förmåga att stirra tillbaka. Vilket skulle innebära problem. Men låt oss inte springa före existensen. Elvis låg där och lyssnade på ljuden. Alla de där rösterna av skräck och fruktan. Tomheten gör sånt med personligheter. Inte om de ser en mack, men om de bara ser tomheten stirra tillbaka. Då är det fruktan. Skräck. Ja. Han öppnade sovsäcken och såg ansikten skrikande fara förbi. Bland andra ett antal sydafrikanska gangsters han och Chlôe haft det tvivelaktiga nöjet att möta för ett tag sedan.

"Kära nån. Vilken mardröm." Elvis tyckte synen var allt annat än trevlig. Han tyckte sig se en dörr därute. En typisk kontors- eller korridordörr. Han hade sett ett antal. 'En kontorsdörr' tänkte han 'perfekt, om den glider hit hoppar jag över till den.' Han tog sig ut ur sovsäcken, vek den ordentligt och skrev en lapp till Everett. 'Tack. Jag liftade med ett kontor.' Det borde duga. Dörren kom närmare. Nu var den bara en meter bort. Vår hjälte skulle precis hoppa över till den när den försvann genom sprickan igen. En Yellow Cab™ taxi körde fram till honom. Droiden som körde öppnade dörren och sa 'ni ringde, herrn.' Elvis hade inte ringt, men det fanns ingen annan där, och Everett sov, så Elvis tänkte att det kunde vara trevligt att komma till kärnorna i taxi.

"Ja," sa han medan han klev in, så inte hans HoloCab ™ skulle försvinna, "till kärnområdet, tack." Sa han och pekade med sitt paraply mot någon fjärran, illa definierad punkt i intet. Förar droiden, Johnny™, log mekaniskt och hälsade passageraren.

"Ska ske, herrn. Ska ske." Han lade i driven på sin Johnnycab ™och de lämnade ön som var en bensinmack i den proverbiala mitten av intet. Sätena var en svart läderimitation. En radio satt monterad i instrumentbrädan. Någon femtiotals Cool Jazz spelades. 'Yeah', tänkte Elvis. Droiden såg på honom i backspegeln och sa "bara säg till om ni föredrar att ha radion avstängd." Den pekade på de inbillade ljudvågorna.

"Inga problem. Jag älskar jazz. Låt den vara på." Sa Elvis. Han noterade en liten kaffemaskin monterad i bakdörren, log och gjorde en espresso. Decaf.

"Perfekt." Sa han. Detta började kännas trevligt. Intets intighet strömmade förbi där utanför fordonet. Då och då svepte ett föremål eller en personlighet förbi. Det fanns handgjorda sprickor här och där i membranet.

"KLFR 4968 presenterar årets hits…" radiostationen

hade någon typ av drive. Man kunde ringa in och få höra sin favoritlåt. JohnnyCab™ vände sitt huvud om och frågade om han skulle ringa in och göra en önskning åt honom? Elvis tänkte ett tag och sa

"Ja, ta Rolling Stone med Ben Dillon. En favorit." Cabbydroiden ringde upp stationen, som såklart var en pixelkonstruktion. Ett Holo Mind. Ett par minuter senare hörde Elvis sin favoritlåt strömmas genom intet. Hela situationen hade något makabert över sig. En plötslig nunna kom gående ungefär tio meter bort. Den log och gjorde en helig gest då Elvis såg på den. Två pixelsinnen som nickade åt varandra ute i intet. En synnerligen udda situation.

"Vi närmar oss. Se där framme, de gråa höghusen, de är central station City, som täcker kärnorna. Jag kan bara ta dej till taxistationen, och du löser det själv därifrån, ok?" den pekade diffust mot en garagedörr och började sakta in.

"Yep," sa Elvis, "det ser bra ut som jag ser det. Det kanske finns en buss eller lokaltaxi?" han gjorde sin vanliga gest av förvirring. Den hade räddat honom många gånger förr.

"No Problem," sa JohnnyCab™, " det finns flera busslinjer till centralen, och många taxin du kan ta. Jag kan prata med en vän, som kan ta dej dit du vill." Droiden körde in i garaget, och ringde en droska på intercom. Elvis var tämligen nöjd med senaste utvecklingen. 'Jag hoppas det är ok med Everett att jag smet iväg.' Tänkte han. Nå, han behövde inte oroa sej. Everett vaknade upp, såg lappen och började dansa sin segerdans. Denna innefattade att ta en sopkorg på sitt huvud och hoppa som en hare medan man skrek 'Ffinky Ffinky Paddangg' tre gånger, för att slutligen gurgla med extremt hett och extremt starkt kaffe. Det var definitivt ok med Everett.

JohnnyCab™ föraren stannade vid en kaffemaskin. Elvis tyckte detta var trevligt. Där fanns kaffe, bakelser, till och med mini Pizza. Ja, allt man kunde önska eller tänka fanns där. JohnnyCab™ öppnade dörren och Elvis klev ur.

"Hur betalar jag?" frågade han. JohnnyCab™ vände sitt för evigt leende ansikte mot honom och svarade

"Oroa dej inte. Det går på ditt konto. Ha en trevlig dag. Och kom ihåg; jag är bara ett samtal bort!" droiden vinkade åt Elvis, och stängde dörren. Sedan gick den in i sovläge i väntan på sin nästa passagerare.

Intet omgav Chlôe. Hon visste inte om hon rörde sig eller ej. Det var en i sanning otrevlig sensation. Föreställ er att kastas ut i absolut okända marker. Föreställ er, dessutom, att existensen begränsades till att andas och lyssna på sina egna hjärtslag. Sen, för att göra det hela än värre, föreställ er att ni är en existens böjd åt Nihilism. Så. Det var vad Chlôe hade att tas med.

"Hallå. Är det någon därute? Kan ni höra mig? Snälla…" hon var oroad. 'Detta måste vara Intet. Hur hamnade jag här? Var är Elvis?' Chlôe frågade sig själv dessa och ett antal andra frågor medan hon försökte komma på vad som var och vad som inte. Var.

"Om du hör mig, men inte kan prata, gör nåt ljud." Hoppet är den sista passageraren som lämnar skeppet, säger man ibland. Chlôe tänkte såklart inte på att i Intet kunde inga ljud höras, då det inte finns nån luft att transportera ljudvågorna. Hur som helst, sprickor i membranet som skilde varat från intet orsakade inte bara våra hjältars hopp över gapet, de hjälpte också färjekarlen som korsade gapet, denna flod av intet, som skilde de två. Denne man var även basen för en gammal grekisk sägen. Man trodde han korsade floden Styx, och förde de dödas själar till andra sidan. Detta var inte helt fel. Lotsen transporterade dem som av misstag hamnat på fel sida. Kostnaden var ett år av existens. Till och med Holo™ personer åldrades. Till slut kom den dag då de förlorat alltför många rader kod, då deras pixlar var för få. Den dagen transporterades de över gapet in i intet. De vittrade bort och slutade som enstaka kodrader på drift i den eviga tomheten. Chlôe såg bitar av dessa lösslitna rader från vad som en gång varit Holo personligheter™. De såg ut som ett öra, eller ett knä, på väg förbi, sakta vittrande. Som skräp i en oerhörd ocean av intet.

"Jaha." Sa hon. Ingen kunde höra henne. Kom ihåg att detta var tomheten. En dammsugare, en SuckoMatic de luxe™ kom drivande förbi. Den var programmerad att suga upp all skräpkod den kunde finna. Senare skulle den tvingas uppsöka psykoterapeut och diskutera denna situation och hur den fått dammsugaren att ifrågasätta varat som sådant. Analytikern, en viss herr Freid, skulle göra sitt yttersta för att styra upp situationen, men det skulle vara för lite och för sent. SuckoMatic etc ™ skulle vara bortom räddning. Den skulle kopplas ifrån och transporteras över av Färjekarlen. En annan dammsugare skulle suga upp resterna av den, dess vittnesbörd om ett vara som dött i tjänsten. Chlôe såg sig om.

Hon såg mest mörker, såklart. Hon noterade, dock, ett par öar av ljus därute. Plötsligt sögs hon in av en spricka i membranet. Hon passerade igenom vad som kan ha varit en kryssare korsande en oerhörd ocean av pixlar i form av nåt som påminde om vatten. Kryssaren bleknade, och en öken tog vid. Den digitaliserade solen brände. Holo Sanden™ var så het att det kunde ha stekt ett ägg. En sorgsen karavan färdades från ena kanten till den andra. En Palm indikerade en oas. Karavanen tog av mot Holo Vattnet™. Holo Kamelerna™ och de digitala beduinerna behövde alla Holo Vatten™. Så stipulerade deras kod. De skulle skeppas över av Färjekarlen om inte deras interna processorer registrerade en viss mängd kodat vatten och näringsämnen varje dag. Holo Verse™ var precis som sin föregångare, det riktiga Universum™. Holo personer kunde få, och fick, förkylningar. Holo Hundar ™ behövde rastas tre gånger om dan. Holo Personer™ behövde Holo vatten och kunde vara seriemördare eller helgon. Chlôe försvann genom membranet igen. In i Intet. Hon såg en ö där borta. Det var en stad. Ett Hologram Cityscape™, som hade släppt från Holo World™. Staden kom drivande över en savann av tomma Intet, på sin väg mot nån annan del av den enorma oceanen av dött och tomt Intet, som omger varat och är existensens baksida. Hon såg några personer där. I en förort var det en person, en Holo Personlighet™ som klippte gräset. En annan åkte längs gatan på sin Holo Skateboard™. Husen var målade i trevliga pastellfärger. Som taget ur en resebroschyr från femtiotalet. En gräddfärgad Holo Kombi™ parkerade efter ett staket. Holo Familjen™ började packa ur matvarorna. Allt såg mycket trevligt ut. Chlôe försökte 'simma' över det intet som skilde henne från vad som verkade vara ett underbart liv. Det fungerade inte. Det enda som hände var att hon blev trött. Eller rättare sagt, hennes interna Holo personlighet registrerade sensationer som triggade en kodrad som fick den att låtsas känna trötthet. Det var verkligt nog för att få Chlôe att sluta, och känna sig svettig.

"Herre gud, eller kära nån. Vad ska jag ta mig till?" Hon uppskattade inte alls situationen. Vid samma tid, men på ett helt annat ställe, hände vissa saker som så småningom skulle bli till hennes fördel. Hon visste föga om detta, och även om hon hade misstänkt att något rörde sig i en riktning som hon förr eller senare skulle komma att kunna dra nytta av, hade hon misstänkt att hon höll på att bli galen. Jag misstänker att det nog var bäst att hon ingenting visste om två gamla - för att inte säga uråldriga - personligheter sittande i två mycket gamla stolar, med ett litet bord emellan sig, men vi visste de var där. På planetoiden Evelyn. Långt, långt bort från den del av intet i vilken våra vänner just nu befann sig. Planetoiden var faktiskt så långt bort att till och med Partre skulle ha svårt att beskriva hur den faktiskt existerade, knappt. Ur en strikt pretentiös synvinkel, förstås.

"Ska vi spela ett parti schack?" frågade det ena av det två centrena av partikularitet. Låt oss kalla det 'Annorstädes'.

"Kanske. Om jag får vara svart." Svarade det andra centret av partikularitet. Låt oss i syfte att förenkla kalla det 'Bert'. Bert tyckte om att vara svart. Annorstädes tyckte om att vara vit, så det skulle gå bra.

"Ok, du kan vara svart. Jag ska vara vit." Annorstädes

vände på schackbrädet så de svarta pjäserna var på Berts sida.

"Så. Låt spelen börja."

Annorstädes gjorde ett drag. Det flyttade en av sina bönder ett steg framåt. Bonden såg ut att trivas med att stå där, på sin nya plats. Skillnaden mot dess tidigare position var ungefär 6/8 tum, men den huvudsakliga skillnaden var att den var mer öppen för anfall nu. Pjäsen, en liten Holo Personlighet™ tänkte inte så mycket på det. Den uppskattade det öppna omkring sig. Den uppskattade inte andra pjäser. Inte en enda, faktiskt. Den hade bestämt att löparna var värst. Fråga mig inte varför. Nå, där var den. Den svarte spelaren gjorde en flyttning som påminde mycket om den som den vite spelaren nyss gjort. Den flyttade en av sina bönder ett steg framåt. Du kanske tänker att detta har ju ingenting med våra vänners predikamenter att göra, på sin väg mot kärnområdet. Låt mig försäkra er att det inte bara hade mycket med våra vänners kamp att göra, men faktiskt hade det väldigt mycket med allt att göra. Schackpartierna mellan dessa två gamla personligheter på en liten planetoid som störde intets karaktär av intighet. Dessa karaktärers schackpartier var faktiskt det som styrde varat och intets kontinuum. Det var motorn som drev existensen, som fick maskineriets hjul att snurra. Det var ett stort urverk, och dessa två var den kraft som fick det att snurra. Tid kan ses som existensens 'motor', och om vi behåller den bilden, dessa två schackspelare, de var tiden. Varken mer eller mindre. Nu förstår ni varför det var så viktigt att de fortsatte spela detta urgamla spel av krig och makt. Om de slutade skulle existensen stanna. Upphöra.

Pjäsen som flyttats framåt fick en transportfarkost att försvinna från Varat sidan, för att istället börja plöja genom haven i Intet. Den andra pjäsflytten skapade en korridor från kärnorna till Elvis plattformshem. Den var en aning diffus till en början, men blev alltmer strukturell efterhand. Chlôe såg korridoren på avstånd. Hon ville vara inuti den. Det var en signal till 'Intets' motor. Chlôe upplöstes i pixlar, och restrukturerades som sig/det själv i korridoren. Elvis promenerade i samma korridor. Han hade suttit och druckit en kopp decaf, då han plötsligt föll samman, för att monteras ihop igen ett par ögonblick senare i exakt den korridor i vilken hans livskamrat, Chlôe, blev introducerad.

"I sanning." Sa Elvis.

"Där ser man." Sa Chlôe. De var ännu några hundratusen mil ifrån varandra, men åtminstone i samma korridor. De visste inte om detta, även om de misstänkte det. De var medvetna om att existensen brukade fungera så; saker som hörde ihop brukade till slut hamna tillsammans. Det ska erkännas att den processen kanske inte alltid var så rakt på sak, men den brukade sluta i existensens favör.

Korridoren var som en ziljon andra på jorden och häruppe. Gräddfärgade väggar, en gråbrun matta. Dörrar med små skyltar på dem förevisandes namnet på den som tilldelats kontoret. Elvis kopplade av. Han njöt av att vara i någon form av struktur. I en korridor. Chlôe kände på många sätt detsamma. De promenerade mot det digitala öde som väntade i den enda möjliga morgondagen. Möjliggjord av två antika schackspelare. Man kunde höra click clack ljudet av pjäser som flyttades, och ljudet av ett enormt urverk som rörde sig. Tiden, väntar inte på någon, ser sig aldrig om.

En poet vid namn Ffergal, som besökt denna historia tidigare, kom drivande genom vad som var intet. Intet omgav honom och fick honom att känna sig underlig där han var nu, inte bara hemma.

"underliga dagar detta är." Även hans meningsbyggnad blev lite underlig. Han visste inte vad han skulle göra, eller var han var på väg. Det enda han faktiskt kände sig säker på var att allt var tämligen underligt. Han såg en underlig typ av struktur framför sig. Det var den korridor i vilken våra vänner nu var på väg till kärnområdet och källan till den förvrängda verklighetsuppfattningen. Den plötsliga korridoren öppnade sig och svalde Ffergal.

"Kära nån. Det här kan inte vara bra nyheter." Sa han medan han landade i ett café bredvid sagda korridor. Där fanns en scen, såklart. En öppen scen. Ffergal landade precis bredvid den och en överraskande servitris serverade honom en kopp caffe Lungo. Han tog koppen, och gick de tre stegen upp på scenen. Stolen och mikrofonen i mitten av scenen ropade ut hans namn.

'Ffergal' ropade den, eller rättare sagt viskade. Ffergal hade sett så mycket underligheter vid det här laget att han inte ens blev förvånad. Han gick till stolen och satte sig ned. Han justerade mikrofonen. Läsaren före honom 'måste ha varit en mycket kort personlighet', tänkte han.

"Hej, jag tänkte bara läsa ett poem, om det är ok med er?" sa han till de sju Holo Personligheter™ som satt utspridda i caféet.

"Ja, ja. Kom igång nu bara, kompis..." hördes från folkhavet. Ffergal harklade sig och förklarade att han var en Beat poet och skulle läsa ett poem som hette 'Obfuscation Odioso'. Folkhavet verkade ointresserat.

"Minnet av skitig ho
Kravlande förbi gödsel
Fyllda
Ängar
'Detta din Alfalfa
Äng'
Inuti rutten mestadels
Potatisar
Din andedräkt
Obfuscation
Odioso"

Ffergal läste i vrede. Han spottade ut orden över ett folkhav av sju personer som inte uppskattade varken honom eller hans poem det minsta. "Jag spottar på er och eran posha uppfostran." Han förolämpade publiken. Det var hans sätt att verka djupsinnig. Folkhavet tyckte han var en idiot. De hade såklart rätt.

"Gå härifrån." Sa de till den sorgliga ursäkten till poet. "Gå din väg, och stanna där, var nu där är, så länge det inte är här." De var inte hans fans. Ffergal gjorde vad som i många kulturer ses som en obscen gest, medan det på ett fåtal andra platser ses som en mycket kärvänlig gest. På cafeet i fråga sågs det som ett mycket otrevligt sätt att be personen på mottagarsidan att fara och flyga. Publiken kastade våta servetter och förolämpningar på vår poetvän. Han tänkte att det kanske vore en bra ide att smita ut bakvägen.

"Så otrevligt folk det finns. Ingen plats för en sann konstnär längre." Detta var den situation som senare, i böcker om Ffergal, skulle hänvisas till som det 'mentala väckningssamtalet'. Låt det vara sagt att Ffergal härmed skrivit sitt sista poem. Han skulle läsa poesi, ja, men han skulle aldrig försöka skriva igen. Han klev snabbt ut genom dörren bakom scenen. Dörren var grön. En mycket trevlig och varm grön, kan tilläggas. Plötsligt fann han sig gående över ett vidsträckt fält av grönt och trevligt gräs. Han hade av vad vissa kanske kallar slumpen, men vad vissa andra, som jag, kallar en slug plan skapad av Rådet, de facto gått in i ett interstellärt golfevenemang. Han skulle anta rollen som caddie för en av toppspelarna, den antika guden 'Apollon'. Han hade en liten trevlig golfbil, och GudPersonen™ satt bredvid honom, tuggande på några fikon. Golfbanan var mycket vidsträckt och långtgående. Geografiskt såväl som politiskt. Ffergal noterade muntert att han bar toga och sandaler. Det gjorde även Apollon.

"Ha Järnfemman redo för nästa hål." Guden pekade på klubborna. De hade alla små mössor. I form av olika Romerska Kungar och Kejsare. Ffergal noterade att Järnfemman hade en Cleopatra hatt.

"Bra så." Sa han och tog av klubban Cleopatrahuvudet. De stannade vid tee, och han torkade av klubban åt Apollon. Guden kisade längsmed klubban, pekande den mot hålet och Green. Han såg på bollen. Han hatade den. Han slog iväg den mot Green. Den landade ca fyra meter från hålet.

"Ok," sa han och gav Ffergal klubban, "vi rör på oss." Apollon äntrade bilen och verkade småsur. Han eller det var på dåligt humör. Den typ av humör en Gud Person™ kan vara på då denne planerar att rasera större delen av någon värld. Ffergal torkade bort gräs och lort från klubban och satte på Cleopatra hatten igen. Han klev in i bilen och körde mot green.

"Ha puttern redo." Sa Gud Personen™. Ffergal såg klubban. Den hade Kungens huvud hatten på. En av de tidiga Romerska kungarna, Romulus, som proklamerade sig själv som förste kung av Rom efter att han tagit livet av sin bror, Remus.

"Det var tider det." Tänkte han.

Green var tämligen trevlig. Lite sluttande på andra sidan hålet men Guden trodde sig inte behöva oroa sig för det.

Ffergal torkade av puttern efter halshuggningen, och gav den till Apollon, som borstade sitt gudomliga hår med sin vänstra Gud Hand™ och vred sig lite för att stadga sig för putten. Han placerade puttern vid bollen, och tittade ut mot nån avlägsen punkt bra han kunde se. Plötsligt slog han diskret till bollen, som rullade mot hålet. Väl där rullade den runt hålets kant tre gånger, och droppade sedan ner i sagda hål. Guden gav Ffergal puttern, för avtorkning och återhövdande. Ffergal torkade av klubban, och satte sedan på den hatten igen. Han hämtade bollen från hålet och gjorde sig redo att åka till nästa hål.

"Jag är uttråkad. Låt oss uppsöka klubbhuset." Apollon hade mycket begränsat uppmärksamhetsspann. Nu hade det spelat två hål och lunch var inom gudomlig räckvidd. "En trevlig paj nu, eller grillat vildsvin. Yep, det låter bra. Framåt, min lustige lille vän!" ylade det medan det pekade mot klubbhuset med en trädriver. Ffergal ordnade klubborna och de små hattarna och började köra mot stugan. Fälten var gröna. Välorganiserade Romerska härar kunde ses i fjärran. En arme av elefanter närmade sig över kullarna. Apollon var utråkad. Ffergal tyckte existensen blivit mycket mer intressant. Rådet planerade nån typ av rendezvous inom den nära framtiden.

Elvis och Chlôe var på väg till kärnor och processorområdet. Deras nuvarande position var i korridor B47/Theta. Detta var korridoren som ibland kallades 'kopidoren'. Ja, mycket riktigt. På grund av att kontoren i korridoren mestadels sysslade med kopiering och faxning. Faxen var lite omodern på Real Earth™, men här i Holoworld™ var den märkligt populär. Holo personligheter tenderar vara aningen konservativa och gammaldags. Detta beroende på att medlemmarna av Rådet, det samfund som var ensamt ansvarigt för underhåll och service av HoloVerse™, det digitala universum som ersatt det gamla universumet, var mycket gamla. De var, som ni möjligen minns, från tiden för korsriddarna och kampen att rädda det heliga landet från hedningarna. På den tiden skulle en fax ha setts som höjden av häxkraft och mötts med största misstro. Den som var i besittning av en skulle troligen ha dömts och straffats som hedning och kättare. Rådsmedlemmarna hade accepterat att använda faxen, men inte e-mail, vilket de ansåg sakna all klass och stil. Så korridoren där våra hjältar för närvarande - på den tiden - befann sig, var den dit Holo Personer vände sig för att göra en kopia eller sända ett fax. Dessa meddelanden var populära. Holo personligheter sände dem till grannar i sin korridor. De sände dem till Holo Skattverket™, de sände dem till och med hem för att tala om för sina Holo Familjer™ när de var tvungna att jobba övertid. Faxen™ hade verkligen fått en ny guldålder i Holo Verse™.

"Vi har tydligen kommit till Faxhimlen," sa Chlôe, "där är en BW Plimpton 46#2, jag kommer ihåg att mamma använde en när jag var väldigt ung. Före digitaliseringen." Hon kom ihåg dagarna hon följt sin mamma till kontoret då hon hade en dag ledigt från skolan.

"Ja," sa Elvis, "jag känner igen de där maskinerna. De verkar föredra dem framför laptops." Sant. Det stod skrivmaskiner på varje kontor, men inte en laptop så långt man såg. Det fanns faktiskt en del laptops ute i samhället, men bara ett fåtal, och bara i händerna på certifierad personal. Hos kodmonstren som skrev stringarna som utgjorde hela Holo Verse™. Valet att begränsa tillgängligheten var av två skäl; 1, Rådet var mycket konservativt och föredrog skrivmaskiner. 2, Säkerhetsskäl. Det faktum att vem som helst med kunskapen och med en dator skulle kunna hacka Holo Verse™ matrisen, och lägga till eller ta bort filer för att ändra världen som de ville till något helt annat, hade gjort valet att hålla sig till skrivmaskiner och faxar helt logiskt.

Faxen en Brother #37/F, puttrade på i ett hörn av kontoret. Elvis såg sig om. Det var ett typiskt Rådsdirektorat kontor™. Ett skrivbord utrustat med pennvässare, en inkorg, en utkorg. Där fanns även, troligen viktigast av allt, en skrivmaskin mitt på skrivbordet. På en hylla i ett hörn stod faxen. På två hyllor ovanför den fanns pärmar och mappar. Ett typiskt kontor i Rådets support sektion. Ah, och vi får inte glömma papperskorgen. Den hade en lapp där det stod, med röda hjärtevärmande bokstäver, 'Mata Mig'. I skrivbordets lådor fanns saker som gem, tejp, Tippex™, och pappershanddukar. I ett hörn av skrivbordet stod en kaffemugg. Den var halvfull. Eller halvtom, beroende på ens världsbild, antar jag.

"Jepp, " sa Elvis, " en skrivmaskin, och ingen är här. Jag skulle faktiskt ta och skriva en memo och faxa till en receptionist på en restaurang. Jag bokade bord åt oss, men jag misstänker att vi inte kommer att kunna vara där ikväll." Elvis var alltid en mycket ordentlig person. Chlôe tyckte detta var utmärkt, per se, men att det för närvarande fanns minst ett par andra samer som var viktigare.

"Om du tycker det är viktigare än att rädda världen, så, varför inte." Hon gjorde ingen hemlighet av sin åsikt. Elvis, å andra sidan, läste inte mellan raderna. Han var van att faktiskt ta folk på orden, så...

"Bra. Jag var inte säker på att du skulle tycka detta var viktigt nog att ta itu med just nu. Jag är snart klar." Han gav henne en puss på kinden och klev in i kontorsmiljön. Det kändes som hemma för vår vän bokantikvarien. Han satte upp ett ark i skrivmaskinen och klickade på;

Till Berörda Parter;

Vi är ledsna att meddela att vi måste avboka vårt bord

för ikväll.

Onsdag om två veckor ser bättre ut för vår del.

Hur verkar det för er?

På återhörande asap.

Mvh

Elvis Karlfeldt et al.

Det var ett mycket trevligt meddelande. Elvis tog arket från skrivmaskinen och närmade sig faxmaskinen. Han tryckte på POWER knappen. Maskinen vaknade till liv. Ett antal lampor vaknade, och ett pipljud kunde höras från inuti plastskalet någonstans. Maskinen hoppade till. En grön lampa med ordet READY tryckt nedanför började lysa.

"Jepp," sa vår hjälte, "jag ska bara sätta det här här, och skriva telefonnumret till restaurangen här, och med lite tur har de fortfarande möjlighet att ta emot faxmeddelanden. Jag tvivlar på det, men det är så cool att faktiskt skicka ett fax, så jag bara måste." Han tryckte på en annan knapp, med texten SEND i stora, tämligen trevliga bokstäver. Chlôe såg på honom och visste inte om hon skulle skratta eller gråta.

"Ja, nu måste vi ta oss närmare den där källan. Allt det här, och kanske mest den här korridoren, får mig att bli illa till mods. Känner du att existensen är lite galen här och nu, eller är det bara jag?" hon kände att pulsen ökade vid tanken på alla möjliga konsekvenser av 'Intet' i händerna på en galning.

"Oh ja, jag känner detsamma. Helt vansinnigt. Vi måste försöka hitta närmare kärnorna, jag bara tänkte att ett par minuter hit eller dit spelar väl ingen roll." Jodå, faxet skickades, men returnerades snart. Restaurangen hade inte haft en fax på 14 år. Elvis slängde arket i papperskorgen och lämnade det sorgliga minnet av förfluten tid. Han tänkte att han troligen skulle trivas som anställd hos Rådet. Bra så, men först måste de stoppa anfallet mot existensen. Hindra en galnings approach mot friheten. Lyktstolpen vid hörnet, korridorkorsningen, var ett mästerverk. Något man möjligen kunde ha hittat i trettiotalets Paris. Så, där var den, i en korsning i en korridor närmare Rådsområdet. Våra vänner tittade på varandra, sen på lyktstolpen medan de unisont sa 'javisst'. De gick mot ljus- och förbluffningskällan.

"Det här ser ut som nåt vi borde använda på nåt vis." Sa Elvis. Chlôe höll nickande med.

"Javisst. Det verkar finnas någon typ av dörr bakom den. Titta." Hon pekade livligt mot något som verkligen såg ut att vara nån typ av officiell kontorsdörr. Där fanns en liten skylt på den. 'F Coudenhave Kalergij Manager' stod det med mycket strikta bokstäver. De knackade på dörren.

"Vänligen kliv på." Sa en harmonisk röst från andra sidan dörren. Sagt och gjort; de öppnade dörren och klev in. De närmade sig skrivbordet i Jakaranda. En bubblande vatten dispenser, en Beddington Hewe™ stod i ett hörn och bubblade. Elvis pekade spetsen av sitt paraply mot den och sa

"aha " just som en bubbla...bubblade. Managern såg på Elvis, följde riktningen på paraplyet och sa

"Så är det." Han såg på de två besökarna, gjorde en vid och välkomnande gest indikerande de två besöksstolarna.

"Slå er ned, kära medvaran i denna den mest excellenta korridoren längs Rådsgatan." Han räckte fram en kaffetermos som tecken på att det fanns kaffe om så erfordrades.

"Tack, men nej tack," sa Elvis, "jag undrar om ni skulle kunna hjälpa oss. Vi är två resenärer som söker en väg för att komma närmare kärnorna, och specifikt det centrum av en som drabbats av autenticitetsförlust. Skulle ni kunna bistå oss i det avseendet?" Elvis gestikulerade förvirrat mot någon avlägsen ännu ej inom synhåll position i riktning mot sakernas mittpunkt. Managern, Coudenhave Kalergij, konsulterade en liggare aningen distraherat. Han bad om deras namn, och verkade lättad rörande informationen under Karlfeldt i sagda liggare.

"Ah, ja, här är det och där blåser hon." Sa han, hänvisande till en roman om en val. Varför vet jag inte, men jag är säker på att managern hade någon typ av minne av nån val. Eller valen. "Där, herr och fru Karlfeldt. Ja. Ett uppdrag från Rådet. Ni måste fylla i dessa blanketter. Original och en kopia var. Detta kan ni göra vid klient skrivpodden. Tio meter till vänster vid korsningen. Ta med dem hit då ni är klara. Blanketterna. Så skickar jag en förfrågan via rörpostsystemet. Det är oftast en snabb affär, och ni bör ha ett svar i slutet av veckan." Managern justerade sin mustasch lätt, och skyfflade ut våra vänner från kontoret. Sedan vände han sig om och dansade obscent in på kontoret igen. Chlôe visste inte vad hon skulle säga om den där individen. Elvis sa

"Bry dig inte. Det verkar ha nåt problem med personligheter." Han blinkade åt Chlôe och de gick till skrivpodden, ett underligt fordon av nån typ, som när man klev in tog en med på en vansinnig resa genom en imaginär existens. De klev in, och satte sig vid ett litet bord. Bordet var för lågt och stolarna för höga. Detta fick som resultat att ifyllandet av blanketterna blev en mardröm. Glöm inte att podden samtidigt flög genom en föreställd verklighet i Intet. Nåväl, våra vänner gjorde sitt bästa och fyllde i blanketterna, som frågade om allt från födelsedatum till favoritfärg på cyklar. De skrattade en del åt vissa av frågorna, i synnerhet nummer 46c: 'har ni någonsin, er veterligen, varit medlem av någon förening som behandlar Voynich manuskriptets historia?'. Ifrågavarande manuskript var skrivet på en kod ingen levande Holo person™ eller Real human™ hade lyckats lösa. Elvis hade, förstås, varit involverad i ett flertal grupper vid ett lokalt Stockholmsbibliotek, som diskuterat manuskriptet. Han tänkte att de grupperna inte var nog viktiga att ta upp här.

"Jag tror detta är ok." Sa Elvis och kikade ut genom fönstret. Det var folk därute. 'En föreställd trädgård,' tänkte han, 'men är paddorna verkliga?'. Plötsligt blev det dimmigt och en röst proklamerade att 'Vi ska snart landa. Vänligen var beredda på vad som helst.' Rösten försvann någonstans. Podden landade mjukt och dörren öppnades. De tog med sig sina blanketter och kopior och klev ur. Dags att gå till kontoret och lämna in ansökan.

"Den här proceduren är lite rörig," sa Elvis, "jag trodde rådet tagit hand om alla procedurfrågor redan." Han såg på papperen. Chlôe tog hans hand,

"Strunta i det, nu ordnar vi det här och skaffar nån typ av hotellrum eller liknande." Hon var alltid mycket praktisk, Chlôe. Elvis brukade säga att det var en av de saker han älskade mest med henne. Detta var troligen mycket bra, då

Elvis själv var tämligen förvirrad, och i behov av nån typ av struktur i livet. De var som gjorda för varandra, våra hjältar.

Våra vänner såg ett trevligt litet hotell vid ett torg, då de vandrade tillbaka mot Coudenhave Kalergijs kontor. De beslutade att ta ett rum där för tillfället, och turista lite i korridoren. De gick till kontoret och fann en lapp på dörren. Så här stod det på lappen:

'Ute för te.

Snart åter.'

"Titta, han är ute. Då kan vi gå och äta nåt på caféet nere i korridoren." Elvis pekade på lappen och sen mot ett café nere i korridoren.

"Låter bra," sa Chlôe, "och så kanske vi kan hitta ett postkontor." Hon tänkte att de lika gärna kunde skicka några vykort medan de väntade.

"Ja, och kanske köpa en tidning. Kuriren eller nåt." Svarade Elvis. Sagt och gjort, de gick ut för ett mål mat och ett postbesök.

Vid samma tid, men i en helt annan korridor miltals därifrån var Partre, Stig och Lola på väg från ett hotell, till ett annat kontor, för att komma till kärnorna från andra hållet.

"Det är sannerligen nåt fel på autenticiteten här," sa filosofen, "såg ni hur conciergen försökte få tag på vårt vara?" han borstade sitt hår med en borste han vid alla tider hade i en ficka i sin jacka.

"Avskyvärd och klibbig personlighet." Sa han sammanfattningsvis. Stig, den gamle bartendern™, nickade medhåll.

"Ja, en verkligt otrevlig kund." För honom var alla personligheter potentiella kunder. Lola höll med. För henne var de alla sjömän. Vissa bra sjömän, andra pirater. Denne concierge var en sjöman hon inte ville ha i besättningen.

"Jag skulle be dig tala honom tillrätta, Stig." Sa hon. De tyckte alla autenticiteten behövde borstas till här i kvarteren. Metrostationen där framme verkade serva Centrallinjen, till centralområdet.

"Om vi lyckas ta oss till centralområdet kan vi nå kärnorna antingen till fots eller med de där elektriska cyklarna som verkar så populära här." Filosofen pekade på en cykel som swishade förbi i tysthet. "Där, se. Om vi kan hitta ett par såna uppe vid centralen är allt i ordning." Han verkade nöjd. En reporter stod lutad mot en falsk verklighet och åt godis. Leende.

"Det är allt, vänner. Falska leenden och syntetisk kärlek. Inga nyheter är bra nyheter." Han sålde bitar av drömmar, kryddade med delar av honom själv. Hans kunder såg ingen skillnad på en äkta ko och en hamburgare. "Livet är ett skämt." Han log och sålde ännu en dröm. Under tiden gick livet utanför till kontoret. Vissa föddes medan andra dog. Denne journalist funderade på en av livets svåraste frågor. Han tänkte; 'jag föddes, jag lever, jag kommer säkerligen att dö. Varför?' Han visste det inte, men han var en Nihilist. Vad vissa kallade en 'deprimerad existentialist'. Våra vänner såg på honom, och en typ av fuktig sorgsenhet framträdde. De där sorgsna Holo journalisterna™ brukade ha den inverkan på folk. Få dem att ifrågasätta sin egen tillvaro. Vad hade de att le för? Vilket syfte fyllde de? Hade de någon betydelse alls? Svaren på de frågorna var förstås; Inget, Inget och Nej. Det tog vanligen omkring fem timmar efter att en holo personlighet™ mött en Journalist™ innan de började leta efter ett rep eller ett höghus eller en klippa att hoppa från. Journalisterna™ förstod inte detta. De var bara negativitet på hjul, eller på fötter, faktiskt. Våra vänner var en bartender, en servitris, och Jean Sol Partre. De tre hade, sig emellan, sett så mycket negativitet att ingenting som ännu inte fått dem att ta livet av sig skulle göra nån skillnad. De var existentialister Pro Bono. De var Nihilister med humor.

"Kom, mina deprimerade vänner," sa Partre, "så tar vi ett tåg på centrallinjen till kärnavenyn." Filosofen var eld och lågor. Verkligen. Han kedjerökte Gauloises, och i sin förvirring hade han lagt tändaren i bröstfickan. Lola noterade rök som steg från hans bröstregioner. 'Han brinner .' Tänkte hon. Han hade en siden scarf runt halsen. Han stannade och sade plötsligt; "visst är det lite varmt härinne?" en sekund senare hällde Stig en drink över den stackaren.

"Min gode man, är ni galen?" Partre var arg. Stig gick fram till honom och tog upp en våt, men ännu rykande pocket square.

"Du VAR eld och lågor. Jag var tvungen att gripa in. En sekund till och din scarf hade brunnit, sedan ditt hår. Capen. Det är tweed. Troligen impregnerat med något eldfarligt för att hålla insekter och liknande borta. Jag är troligen galen, ja, men jag är även existentialist. Jag vägde för och emot och bestämde att du var för trevlig för att få bränna upp dig själv."

Partre lugnade sig lite, och efter att ha tänkt över frågan

bestämde han sig för att bartendern troligen hade rätt.

"Självklart. Bartendern har rätt. Alltid bartendern..." Existentialisten tänkte att livet var orättvist, men korrigerade sedan detta till att erkänna att det inte fanns något rättvist eller orättvist. Livet bara 'är', och det är upp till spelarna att satsa på de händer de får. Detta var ett tämligen oviktigt aber, men det fick tiden att passera snabbt, så när de slutat gnabbas var de framme vid Metron. De klev in och tog hissen nedåt. Centrallinjen var mycket djupt ned. Det var två våningar tunnelbana över den. Partre uppskattade inte att vara så långt ned under markytan, men insåg nödvändigheten. För övrigt tyckte han det var en utmärkt övning att göra saker man inte ville göra, för att alltid komma ihåg hur otrevlig existensen kan vara om man gör saker andra vill man ska göra istället för att sitta på caféer och barer och dricka kaffe och vara en källa av djupsinnigheter.

"Där," sa Lola, "där är Centrallinjens tåg. Kom, skynda." Hon började springa för att hinna på tåget innan dörrarna stängdes. Hon hade en fot på tåget och den andra på perrongen då dörrarna började stängas. Hon hoppade in precis då dörrarna stängdes och tåget började rulla.

"Kära nån," tänkte hon, "vad nu? Var är de? Hur ska vi hitta varann igen?" Hon skulle faktiskt inte komma att hitta dem igen. Lyckligtvis hade hon ingen aning om detta, så hon satte sig ned på en stol långt bak i vagnen. Hon såg tunnellandskapet rulla förbi utanför vagnen. Helt vitt. Ingen grafitti eller posters, eller någonting alls. Bara ett par personer i varje vagn. En konduktör kom gående genom tåget. Han klippte biljetter och pratade lite med passagerarna om de ville. Då han närmade sig Lola tog hon fram sin biljett.

"Ah," sa han, "ni åker hela vägen, ser jag." Han pekade på slutstationens namn på biljetten. Det var ganska ovanligt att folk åkte hela vägen. Det var detta speciella något kring den stationen som varken Partres grupp eller Elvis eller Chlôe visste; om man åkte dit, kunde man köpa en returbiljett, visst, men detta var ett slöseri med pengar då det de facto inte gick att lämna Centralen. Den som åkte dit slutade alltid i en digital remake av sitt hem, var det än var. Det fanns ingen väg ut. Även om man troddde man åkte därifrån, var man ändå kvar. För evigt. Limbo. Limbo med scendekor.

"Ja," svarade Lola, "hela vägen. Och mitt ressällskap verkar ha missat det här tåget. När går nästa?" hon räckte över biljetten, och konduktören klippte den.

"Jag skulle inte tänka på det. Faktum är att om de missade tåget kan ingen säga om eller när nästa kan tas. Finns ett nästa tåg? Jag vet inte. Vet du?" det låg spänning i luften, och Lola såg sitt liv passera revy. Eller rättare sagt; hon såg en tunnel passera. Tunnelns vithet randades av hennes tårar.

"Så, så. Livet går vidare. Det som händer, händer, och om det inte gör det betyder det ändå ingenting. Ingenting betyder ändå någonting, och ibland förekommer kaffe." Konduktören var känd för sina nihilistiska drag, och ingen uppskattade hans/dess försök till existentialist psykologi. Lola visste inte vad hon skulle tro. Jag menar; sätt dig själv i hennes situation. På väg i ett okänt tåg, till en plats du inte vet nåt om. Dessutom; förklara för dig själv hur du antas rädda världen och universum från en bindgalen AI enhet som försöker bygga ett imperium av Intet. Smaka på den tanken ett tag, och berätta hur fin den kakan var. 'Jag tror det är en dålig dröm,' tänkte Lola, 'vilket ögonblick som helst nu vaknar jag och Stig ber mig låsa upp entrédörren.' Hon hade höga förhoppningar, vår servitrisvän. Sanningen, den elakingen, hade helt andra planer. Tågets högtalarsystem sade;

"Nästa stopp Oxbridge, gå av försiktigt."

Stationen var helt vit, och de tre AI's som gick runt på plattformen var alla klädda i svart. En plötslig spricka i membranet svalde en av dem, och plötsligt var de bara två. En mystisk kamel kom vandrande över perrongen. Den verkade trivas med situationen. Det var en mycket välkonstruerad AI kamelpersonlighet™. Dess huvudsakligaste känsla var förakt. Det gick in i tunneln. Det ville ha gräs. Det var ett mycket enfaldigt AI, som skulle börja vittra och tappa pixlar efter ett tag. Ett tåg åkte igenom besten, som bara blev irriterad. Plötsligt kom en ö av palmer och en oas drivande förbi. Kamelen hoppade ombord. Lola tyckte den var mycket intressant, existensen nere i tunnelbanesystemet. Det var den. En hel del Holo™ personligheter levde därnere. Satt och såg tågen passera. Ibland gick en ombord och åkte till nästa station. Ibland klev nån av och stannade där i en månad eller två. Vissa bara satt på tåget och diskuterade samma tidningsartikel år efter år. Runt och runt. Prata, prata. Det var en fascinerande existens. Egentligen inte så stor skillnad mot den jobba, sova äta rutin många människor levde i under tjugohundratalet, före digitaliseringen. Många levde ännu samma liv, som Elvis och Chlôe, till exempel. De hade sina jobb, och gick dit varje dag de inte var på uppdrag för rådet, som nu. Lola hade alltid varit en AI, en Holo™ personlighet, och visste inget annat. Hennes existentialist syn på varat räddade henne från att bli galen. Så var det för de flesta AI's. En av dem hade blivit galen och försökte nedmontera Holo™ världen så som vi känner den. Hade AI's börjat utvecklas utanför 'the box? Hade de blivit enskilda känslobärande varan? Jag är inte säker, men jag misstänker det. Lola tänkte inte så mycket på sånt, men hon/det visste att något var fel, och att om Elvis och Chlôe och de andra inte lyckades rädda situationen, så var det upp till henne.

"Jag hoppas de kan fixa det. Vad nu 'det' råkar vara. Så vi kan komma härifrån." Hon hade höga förhoppningar, som sagt. Du och jag vet bättre.

Det organiska varat som satt på en stol och spelade schack med en av de sina flyttade sitt vita torn till g4. Den svarte spelaren tog tornet med sin löpare. Detta fick följande konsekvenser; flytten av tornet fick ett tåg att gå en station framåt. Att tornet togs fick tåget att stanna i evighet på stationen. Situationen, med en pjäs i riskområdet för En Passant, och en spelare som kontemplerade dubbelstegs introduktionen och för- samt nackdelar med denna 1400 tals uppfinning. Partiet hade pågått sedan begynnelsen av tiden så som vi känner den.

"Ditt drag. Vi har inte en evighet på oss, vet du." Den vite spelaren, låt oss kalla den förvirrat, såg på sin pjäs, och sedan på den svarte löparen som stod därborta och ruvade. Det flyttade sitt springare istället, och resultatet var totalt och fullständigt kaos. Tågen slutade passera en av stationerna längs centrallinjen, Chatham Junction, och de Holo™ personligheter som väntade där skulle få erfara vad 'väntat i evigheter' verkligen innebar. De visste inte vad tid var, och det fanns inga dagar eller nätter därnere i tunnelbanan. Personligheterna fortsatte titta i tidningen, eller röka, eller vad de nu råkade göra, och redan gjort under en mycket lång tid. En Passant var nödvändigt förr eller senare, båda spelarna visste detta. Det enda sättet att hålla klockan tickande var att spela partiet till det bittra slutet. Och spela det igen nästa dag. Och dagen efter den. Det fanns inget slut på det här spelet mellan varat och intet. Mellan existensen och dess existentiella motsats. Klockan vid schackspelet tickade på. Och spelarna fortsatte trycka på knappen. Som hundratusentals år tidigare. Detta parti var utan slut. Men om en rebell lyckades stoppa klockan? Om något eller någon fick tiden att gå bakåt, stoppade varat från att, ja, 'vara'? Det, käre läsare, var precis vad som höll på att hända. Om inte våra vänner lyckades stoppa den ondskefulla planen igångsatt av den där ulven i fårakläder, den där tvära igelkotten, ni vet vad jag menar, och vid den här tidpunkten vet ni att det är synnerligen allvarligt, men också att i Elvis och Chlôes tillvaro var det bara 'ännu en av dessa dagar'.

Kapitel 11

En Holo man™ satt där, vid ett café, och drack en kopp Holo Kaffe™. En Holo kvinna™ gick in på caféet och började ställa frågor.

"Vad är allt?"

Och

"Varför sker det?"

Och

"Vem spelar oss?"

Mannen, han hette Leroy, så låt oss kalla honom Leroy, såg på kvinnan. Han var resande i kontorsvaror. Han var en AI, men han visste inte om det. Han tyckte världen och alla i den var konstiga och felunderrättade. Holo kvinnan, hennes/dess namn var Edna Tibbit, men bara för att bevisa att Leroy hade rätt ska vi kalla henne Loreen. Jag vet, det låter som ett tvättmedel. Det är bara inte så viktigt just nu, så ni får acceptera det. Kom ihåg att detta är inte verkligt. Allt i Holo World™ hände av en orsak. En spelare, vit eller svart, flyttade en spelpjäs. Det är allt som krävdes för att initiera en av alla möjliga konsekvenser från en lång lista.

"Ingenting." Sa han "ingenting alls', och 'vem vet', och 'bra fråga'." Leroy tog en klunk av sitt Holo Kaffe™ och torkade sin hand med en pappersservett. Loreen stirrade på honom och bad om eld.

"Kan en man som du tända min cigarett, tack?" hon gick

fram till Leroy. Hon var het. Hennes hår var rött, och hon hade läppar som kunde få en hel art att söka skydd. Leroy producerade en ask tändstickor, tände en mot baren, och tände hennes cigarett.

"Alltid till tjänst, Madame." Leroy var en hel bunt fint sätt. Han var ju faktiskt försäljare. Edna Tibbit, Holo personligheten vi kallar Loreen, log mot försäljaren, och hennes ögon var fyllda med löften.

"Tackar så mycket, herrn," sa hon/det, "men det säger ni säkert till alla damer..." hon blinkade och skulle just vända sig om och gå därifrån, när plötsligt damen på scenen med jazzbandet började sjunga en gammal klassiker, 'The Paris of Ours'. En ypperlig komposition för ståbas, vokalist, och begränsad rytmsektion.

"On a night in September
We were two, me and you.
Walking the Promenade du Seine.
True to life, to the moment..."

Hennes röst var ett knippe nerver, och luften var tät av cigarettrök. Den Edna vi känner som Loreen stannade och vände sig om. Hon såg på Leroy och tänkte på en modeshow hon såg på Armand's förra våren.

"Det är en fin sång. På tal om det, skulle du vilja ta ett glas rött™ med en kvinna som mig?" Loreen tände en ny cigarett med den gamla, vilket fick Leroy att misstänka att hon var en dam att räkna med.

"Som sagt," sa han, "du verkar vara en kvinna av värld, och det skulle jag inte ha nåt emot, jag skulle säga det om jag hade det men det har jag inte." Leroy planerade redan frukosten. Hans etik var begränsad till ett 'första person narrativ'. Vad han ville var det enda viktiga. Leroy var en full blown psycho. Andra varan var bara intressanta i den mån de kunde bidra till hans/dess ego. Leroy hade mördat ett antal Holo™ personligheter. Det kanske låter underligt, men ja, Holo™ personligheter dog om en akt begången med intentionalitet avslutade deras sannolikhet. Ju mindre sannolik en AI eller Holo™ personlighet var, desto troligare dess frånfälle. Leroy var en vandrande mördarmaskin. Han/den hade lärt från unga år att kärlek innefattade smärta. Hans Holo™ föräldrar hade en sjuk relation. De hatade allt av varandra. Leroy var den som fick betala för detta. Som resultat av att ha blivit slagen och misshandlad utvecklade Leroy, vår resande Holo™ försäljare, ett flertal mycket otrevliga personligheter. Loreen skulle snart inse att en av hans personligheter hade för vana att mörda kvinnliga bekanta. Han/den hade absolut inget samvete. Ett full blown Psycho™. Morgonen efter deras free love natt på ett loppbitet skräphotell som hette 'The Corduroy Palace' vaknade inte Loreen, beroende på att Leroy hade tvingat henne/det att dricka en flaska klorin, det rengöringsmedel hon fått namnet efter. Klorin var bra för att lösa upp färgfläckar, eller för att bleka textilier. Det var inte bra att dricka. Vad det gjorde med Loreens inre var att det löste upp hennes inälvor och förvandlade hennes insida till en brunaktig, tjock soppa. Hon låg där som en trasig leksak. En pixelerad digital trasig leksak. Leroy placerade flaskan i hennes hand så det skulle se ut som om hon druckit kemikalierna själv. Sedan ringde han/det roomservice och bad dem ta med polisen och titta förbi då en 'situation' uppstått. Han var nästan munter. Hela situationen var mycket otrevlig. Man ska minnas att dessa Holo Personligheter™ inte visste att de bara var kod. De trodde verkligen de var på riktigt. Ungefär som sina motsvarigheter i tjugohundratalets Real World™ trodde de att de levde riktiga och fullvärdiga liv. Att de gjorde skillnad. Leroy rakade sig och skvätte på lite Holo Aftershave™. Han gjorde sig redo att lämna hotellet för nya äventyr på andra ställen. Room Service personalen kom förbi, med polis Logan i sällskap. Logan fotograferade offret för vad de trodde vara förlust av viljan att existera, ställde ett antal brännande frågor av typen; 'Var var du när detta hände?', och 'Hur mycket kostar en Canard Le Sabre™ nuförtiden?', och slutligen 'Sa hon ingenting?'. Vår bastard, Leroy, besvarade frågorna så gott han kunde. Han/den sa 'På toa', och 'Ingen aning', och slutligen 'ja, hon sa 'Kära nån...'

Efter denna djupa utfrågning försattes aset/försäljaren på fri fot att fortsätta sin vandring mot frälsningen. Han skulle komma att sluta sina dagar som en mycket gammal Holo™ personlighet i den digitala staden Laredo Moors, i ett hus han köpt med sin fru, Doris MacMillan. Han stoppade en Holo Hagelbössa i munnen och blåste ut sin Holo Hjärna på verandan. Städare skulle komma att hyras in. Grannarna klagade på stanken. Holo personligheter var till stor del som vanliga människor. Även de luktade, och digitalt ruttnande kött är otrevligt. Hans fru sålde huset och flyttade till en etta i centrala Holo Baltimore™, och öppnade en telefonlinje för ensamma medelålders Holo™ män. Hon kallade sig 'Miranda'. Miranda var ett namn hon alltid föredragit framför 'Doris'. Nu kunde hon till slut bli den Miranda hon alltid känt närvarande inuti sin jordnära Doris Holo™ personlighet.

Där ser man hur lustigt livet kan vara ibland. Även ett digitalt liv. Jag bara berättade detta för vem vet vad som skulle kunna hända.

En underligt sorgsen sol sken från ovan. En författare av historisk fiktion™ vid namn Barnes Wilkesham Fforde™ satt vid sitt antika skrivbord i ett kontor från det förflutna och tryckte på tangenterna på en gammal Revine Luxomatic™ skrivmaskin. Han var relativt upptagen med att skriva en bok om det förflutna, då filosofer ansågs viktiga nog att styra de mäktigaste av nationer på Real Earth™. Solen var en pixelerad konstruktion, en Holo Star™. Barnes Wilkesham Fforde™ hade ingen aning. Han tyckte livet var ganska trevligt, och verkligt nog. Han hade en lägenhet fylld av böcker™, och en mycket avancerad Coffee Mate 37#b™. Han hade även tre gitarrer och konstmaterial. Han behövde inget mer. Han var tillfreds med livet som sådant och existensen. Han hade inte ens kontemplerat möjligheten att han var en Holo™ personlighet. Han visste inte ens vad ett hologram var. Bartendern och servitrisen på hans lokala café, the 'Belgrave', Stig och Lola, var även de Holo™ personligheter. Det visste de, men de brydde sig inte om detta. De var existentialister. De visste att det som hände dem gjorde så med anledning av de val de gjort över tid. Barnes var också existentialist. Han visste att hans existens var vad den var på grund av hans val. Han visste inte att han blivit satt där han var av ett Råd inom företaget här endast känt som Företaget, en organisation med rötter i Tempelriddarna och antikens Romerska och Grekiska civilisationer. Barnes etc planerade att skriva sitt Magnum Opus om antikens Rom. Början på Palatinens Kullar. Det var där Rom föddes 700 år BC™. Barnes såg sig själv som räddaren av mänsklig kultur. Han skulle i sanning ha blivit mycket besviken om han vetat att han var en Holo™ personlighet. Han justerade volymen på den Jazz Cool som streamades från hans DigiRadio™. Basen gjorde något på dim- eller aug- nivå.

"Groovy." Viskade Barnes etc. Han sörplade lite av det svarta giftet™. Jag kan se hans/dess vy, det kan jag. Om man lever ett fullt och kulturellt rikt liv, varför betvivla det? En sån utveckling skulle ofelbart leda till fruktansvärda existentiella plågor. Jag menar, om man inte ens kan lita på att livet som sådant är verkligt, vad ska man då tro på? Så, du förstår vad jag menar. Låt oss göra ett experiment. Låt oss föreslå för Barnes etc att det fina och trevliga liv han/den lever för närvarande inte är annat än en lögn. Låt oss dra undan mattan, för fasen låt oss dra bort MARKEN, under dess Holo™ fötter. Barnes etc var precis som vilken Svensson som helst. Miljontals av dem därute. Låt oss göra ett experiment för att se vad som skulle bli resultatet om de på något sätt skulle få veta att de inte var annat än strängar av kod. Digitaliserat DNA. Lagrat i en planet miljontals mil bort. Styrd av ett set processorer med sin personal, även den digital, såklart.

Sagt och gjort. Barnes etc vaknade upp till vad han föreställde sig skulle bli ännu en i raden av många trevliga dagar. Han/den tog lite morgon Java Black™, och

DigiToast™. En Holo Mås™ svepte förbi utanför dess fönster. Allt som allt var det en av de där dagarna Barnes skulle komma ihåg som en av de bra dagarna. I sanning. Barnes etc beslutade sig för (eller det trodde den i alla fall att den gjorde) att gå till caféet för lite inspiration och en Holo Cigarett™. Han sa 'Hej och God Morgon' till sin fina gamla skrivmaskin.

"En sån härlig dag." Han/den var på bra humör, eller det trodde den i alla fall att den var. Hur skulle Barnes etc kunna ana att allt bara var datakod? Den tog på sin tweed jacket™ och ett par handgjorda italienska skor™. Holo Verse™ var på bra humör den dagen. Vi vet att Holo Verse inte har några humör. Som det riktiga universum var HoloVerse ett resultat av tidigare handlingar och instanser. I ena fallet resultatet av en enorm atomsprängning för miljontals år sedan, i andra fallet resultat av ett stort antal kodmonster som satt på företaget etc och skrev kod hela dagarna. Skapade världen och alltihop. Låt oss nöja oss med att säga att det troligen varit på gott humör om det haft möjligheten därtill.

Så.

Gatan var charmerande och trevlig. Ett par individer på promenad. En pickande duva. En Vespa parkerad vid en tobaksaffär. Vespan ägdes av en man/Holo person från DigiSicily™. Den var anställd av Chlôe Lavignes farbror Don Pietro™. Denna AI, Conrad DeJules™, samlade in månadsavgiften till La Famiglia™, en digitaliserad affärssammanslutning med rötter i tider då staten inte hade kraft nog, och privata aktörer tog över vissa av de justice funktionerna. Så han for till Tobaks Affären™ för att ta

Tribut™. Detta var väl reglerat av Rådet och Företaget etc. Varken Don Pietro eller Conrad DeJules hade en aning. Som de flesta Holo™ personligheter trodde de sig vara vanligt folk. Vår vän, författaren av historia korsade gatan och gjorde sig redo att öppna dörren in till caféet. Det var då mycket började gå fel. Trottoaren han stod på blev plötsligt en 747 HoloJumboJet™ vinge. Ett enormt digitaliserat flygplan. Barnes etc kände att dess morgonsandwich var på väg upp igen.

"Kära nån. Detta är inte bra. Inte alls bra." Barnes etc började slå på flygplansfönstret. En viss DeVries Jr, revisor vid Longham, Ford & Wilkes, pekade en penna mot det som knackade därute.

"Se, jag tror bestämt nån knackar på fönstrets utsida." Den äldre damen som satt vid fönstret höll med och sa

"Jaha. Och vad gör vi nu?" Mr DeVries Jr Holo™ Personligheten sa att det inte var 'mycket de kunde göra, förutom att försöka underhålla personligheten där ute för att göra det mindre tråkigt för den.' Sant, de kunde inte gärna öppna fönstret, flygplansfönster går helt enkelt inte att öppna. Dessutom försvann Barnes etc plötsligt och en bukett begonior intog hans plats. Barnes etc for igenom en spricka i membranet, och fann sig själv i en korridor med ett flertal små kontor, samt ett mycket litet café. Sådant hände ibland på grund av problem med växeln™, en digital korsning där allt som någonsin existerat garanterat skulle passera vid någon tidpunkt. Vår vän såg caféet och gick in där. Det var exakt samma café som existerade på gatan där han levde.

"I sanning fascinerande!" sa Barnes etc. Han/den hade

utsatts för en del udda upplevelser i rumtiden förr, men detta var exceptionellt. Han hejade på Stig och Lola. De kände igen honom då de de facto var samma Holo™ personligheter, bara andra projektioner. En katt promenerade genom caféet. Det var Cheshire katten™. Den frågade Barnes etc om han sett filosofen. Barnes etc hade inte sett filosofen, och sade så, även om han fann det lite udda att konversera en katt. Hur skulle han kunna veta att just denna katt skulle spela en viktig roll och samla personligheterna som skulle komma att rädda Holo Verse™, eller inte.

"Nej, jag har inte sett filosofen, men om jag gör det ska jag definitivt tala om för honom att du frågat efter honom." Barnes etc tänkte att katten i och för sig troligen var helgalen, men bättre ta det säkra före det osäkra.

"Ah, tänk inte på det," sa katten, "jag hittar honom troligen snart. Men om du ser Elvis och Chlôe, ett trevligt ungt par, bed dem möta oss här om möjligt. Jag tror de kommer förbi här senare idag." Cheshire katten™ visste saker ingen vanlig katt någonsin skulle erkänna att den visste. Katter är, å andra sidan, djupt mystiska varan. Om någon entitet i existensen någonsin haft kapaciteten att korsa gränsen mellan varat och intet, skulle jag tro det vore en katt. Det är ingen slump att katter ses som gudomliga i det antika Egypten. Barnes etc hade många gånger försökt förstå katter. Han visste att deras inre var ogenomträngligt. Cheshire katten™ gick ut genom bakdörren efter att ha nickat åt Stig. Lola kom med Barnes vanliga gift och en askkopp.

"Tack," sa vår vän, "jag undrar, känner ni katten? Den som nyss gick här?" han pekade distraherat mot bakdörren och den underligt motvilliga kattskuggan som precis gick.

"Ah, han är en vän. Han kommer förbi då och då. Han är en guide. Guidar förlorade avsikter och AI'n." Lola torkade bordet med en trasa. Barnes etc förstod inget av det hon föreslog, men tänkte 'bäst att låta udda vara jämnt', och sockrade sin espresso våldsamt.

"Bra," sa han, "jag vet inget om AI's eller förlorade avsikter, men here's looking at you, Lola."

Hon log och vinkade.

"Hello Sailor. Väl bekomme." Hon blinkade och gick för att använda kvasten vid dörren. Stig kisade mot evigheten ett ögonblick, då en man, en Holo personlighet™, klev in i lokalen och började argumentera existensen och dess motsats med en präst som plötsligt landade mitt i rummet. En ankunge såg detta. Den tyckte det var fånigt, och kvackade iväg genom nån annan dimension.

I en korridor genom Holo Verse™ från var som helst, möjligt eller omöjligt, promenerade en filosof vid namn Partre, och en bartender vid namn Stig, i sällskap med en servitris vid namn Lola. Det hade kunnat vara vilken som helst departementskorridor i Stockholm, Barcelona, eller Rom, men det var en Rådskorridor som sträckte sig från intet till varat. Med bara lite tur skulle våra vänner kunna hitta läckan av vara in i intet. Dörrarna var lite krångliga. Vissa av dem gick till det enorma och nästan tomma intet i vilket en bensinstation, till exempel, vaggade runt. Vissa andra dörrar ledde till Parco Sempione i Milano, eller Champ de Mars vid Ecole Militaire i centrala Paris. Att öppna en dörr var lite rysk roulette. Om det var fel dörr skulle en bit av den Holo

Personlighet™ som öppnade den ofelbart dras ut i intet.

"Bara håll ut. Vi ska gå en bit i den här korridoren, och när jag känner varat minska vet jag att vi är något på spåren. Var beredda att vara påstridiga, om nödvändigt." Existentialisten kände en lättare minskning av nivån av akut vara, något som vanligen indikerade en läcka, eller någon inautentisk, i grannskapet.

"Vi har ryggen på dig, Partre, var lugn för det." Stig höll sitt något hängiga vänstra öga öppet och alert. Han var van att hålla ett öga på folk. Ibland sitt inte så hängiga högra öga, men oftast det legendariska vänstra. Lola visste allt om Stigs hängiga vänstra öga.

"Var lugn, herr filosof. När Stig har sitt vänstra öga på nåt, är det verkligen PÅ det." Hon pekade sitt högra pekfinger mot Stigs hängiga vänstra öga. Filosofen noterade ett café en bit bort. Det var såklart det café där vår vän Barnes etc tog en förvirrad kopp kaffe.

"Vi ska ta kaffe. Var redo att möta andra versioner av er själva." Partre visste allt om Holo Controverse™, det desperata ylet från en Holo personalitets inre då den tvingats möta sig själv. Vad du än gör, låt dig aldrig dras in i ett gräl med dig själv. Du kan aldrig vinna det. Tro mig, jag har försökt många gånger." Partre mindes den gång han argumenterat med sig själv kring förnekelse och klibbigheten hos andra människor/varans inkompetens. Han mindes timmar av argumenterande. Simone blev tvungen att släpa ut honom från caféet. Våra vänner vandrade på och skulle just kliva in då en spricka sög in dem och de plötsligt fann sig själva drivande mot processorkärnorna på en ö av något svårdefinierat material. De följde Elvis och Chlôes rutt. Dörren bad Partre att stiga på.

" Här," sa han, "våra medkämpar Elvis och Chlôe passerade här för en stund sedan. Jag känner även ett klart fall i Vara. Vi är vid kärnorna, där nivåerna skulle vara på topp. Det flödar ut genom någon öppning här." Existentialisten höll upp en brinnande tändsticka, och flamman fladdrade i en ström av medvetande som flödade ut. "Detta är allvarligt. Skynda er, det är bråttom nu." Han vinkade åt Stig och Lola. De tre gick in i trapphuset och kom snabbt till en annan våning. Plötsligt såg de ett par silhuetter mot intets mörker.

"Elvis, Chlôe, är det ni?" ropade filosofen med dämpad röst. Intet gör så med röster, dämpar dem.

"Ah, Partre, Stig, Lola, vi letade just efter er. Något underligt pågår här. Vi såg just en bokaffär vid en flod. Det såg ut som Seine, men vattnet är tiden, och floden heter Styx. Vi borde ta en båt över till bokaffären på ön." Elvis och Chlôe pekade diskret på en båt i en flod som korsade Holo Verse™. En man klädd i Toga stod i båten och väntade på passagerare. Partre såg intensivt på båten och skepparen. 'Jag borde ha insett' tänkte han för sig själv. I tysthet. Tänkande är mestadels tyst.

"Aha, jag borde ha förstått det. Charon. Var redo med ett mynt var för transporten över av våra själar. Var medvetna att vi passerar över till Hades. Vi kommer att gå in genom en port och stiga ned till underjorden. Jag känner att existensen drar oss åt det hållet. Kom, mina modiga medvaran i centrum av Intet." Filosofen var i sitt/dess esse. Han använde paraplyet som svärd och bekämpade imaginära drakar längs vägen. Det var en smått lustig dans. Lola fnittrade till. Stig tryckte till henne med armbågen för att lugna ned henne. Hon log och ansträngde sig att sluta fnittra. Elvis tyckte detta verkade lovande och till och med spännande. Styx. Hades. Underjorden™. Rådet hade verkligen djupdykt in i antik mytHologi. Han njöt av det. Kanske inte så mycket som filosofen, för vilken detta var hans 'Mammas Gata', som man säger. Han hade under åren som lärare vid Sorbonne™ lärt studenterna allt om korsandet av denna mytiska flod och helvetets sju kretsar. Detta, tänkte han, skulle bli riktigt intressant.

"Här, håll i hatten nu. Vi går ombord på Charons båt. Inser ni vad vi precis ska till att göra? Vi ska levande ta del av antik mytologi." Hans ögon var upptagna med olika delar av det lokala HoloVerset nu. Han var i himlen. Nåja, beredd att ta trappan ner till helvetet. De övriga var också en aning upplivade. Var och en med ett mynt till färjekarlen.

"Välkomna, modiga själar. Är ni redo att lämna stranden och stiga över till 'andra sidan'?" Mannen i Toga™ höll ut sin vänstra hand som guide för Holo Personligheterna/Själarna™ som skulle kliva ombord på farkosten. Den andra handen tog emot mynten, antika sestertier, från de tappra själarna. Chlôe hoppades de skulle få något ut av att ta denna resa. Det var, påminde hon sig själv, mestadels den minst önskade resan i livet, eller i döden faktiskt. Nåja, äventyret blev mer spännande för varje dag, tyckte hon.

"Det här, Elvis, är faktiskt den mest extrema resan du övertalat mig att följa med på..." Han skulle hållas ansvarig, det kunde han räkna med.

Resan var tuff. Universums yta, som var Styx, var orolig. Den här historiens hjältar, i färd med att rädda eller förkasta världen som de kände den, utan att egentligen ha en aning om uppdragets allvar, såg ansikten där nere under ytan. Torterade och lidande. Helvetet var mer än ett ord på åtta bokstäver för våra vänner, tro mig.

"Det här är lite oroande, sa Elvis, "men jag är säker på att allt kommer att ordna sig i slutet, eller hur?" sa han till filosofen, vilken de alla såg som något av en auktoritet på området antik Romersk och Grekisk MytHologi™. Partre såg sig själv som 'da man' i såna här ärenden. Han kisade in i bortre änden av livet efter detta, och såg kuggarna och hjulen av tiden själv snurra. Vad han såg, vilket han omedelbart insåg, var den sägenomspunna Antikythera Mekanismen. Ett 2000 år gammalt mästerverk konstruerat av grekiska filosofer i syfte att få ordning av kaos. Filosofen kunde skilja mörker från ljus och visste han var på rätt väg då en av hans filosofiska gudfäder, Seneca, gav det hemliga tecknet för de som ger och tar liv. Come il Apollo. Han insåg att de måste brottas med existensen som sådan för att aktivera den gamla mekanismen på nytt.

"Detta," viskade filosofen, med sin Romerske anfaders röst, "är urverket som kontrollerat varje liv och död sedan tidens början, grundandet av det Romerska imperiet på Palatinens kullar. Vi måste starta det igen. Det är det här som skapat revorna i tidsväven, skårorna i membranet mellan varat och intet. Vi måste gå ned i grottan och trapporna till underjorden. Allt ska klarna efterhand."

Kapitel 12

Öppningen till schaktet till underjorden hade en speciell svarthet över sig. En svärta så mörk att den i princip sög allt ljus i närheten in i sina inre regioner.

"Kom. Följ mig, mina vänner. Det är här vi måste träda in och ner mot vår väg." Filosofen använde ännu sin läromästare, Senecas, röst. "Vi ska ledas av Fortuna, och Vestalerna ska belysa vår väg."

Stig och Lola verkade aningen nervösa, men såg på varann och ryckte på axlarna.

"Vi är med dig. Vad som än väntar där nere kan det inte vara värre än det vi sett så här långt." Stig kände ett underligt lugn. Den typen av lugn man ibland kan känna då man vet att det inte finns några andra alternativ.

"Vad är det där?" Chlôe pekade mot några underliga rörliga objekt som reflekterade ett dimmigt ljus därinne, i mörkret. Elvis kände igen mekanismen.

"Jag tror det är det där antika urverket, du vet, som Partre pratade om." Han ritade cirklar i luften med händerna. Han var i alla fall poet. En som en gång sysslat med performance poetry. Mycket tillfälligt. Hans rörelser under läsningen hade bedömts obscena, och polisen hade tillkallats. Hur som helst, han hade ett mycket livligt kroppsspråk och rörde händerna i cirklar. Filosofen tittade på honom med ett av sina ögon, det som gått vilse.

"Oui, c'est la. Där är den. Antikythera Mekanismen. On y va. Här kommer vi. Följ mig, modiga tjejer och killar, vi är på ett uppdrag!" Partre var eld och lågor. Han/den hade gått tillbaka till sin egen röst, och gick in för 100% existentialist resonemang. Världen, tyckte han/den, hade blivit galen, och det var upp till dem att vrida den rätt igen. Gruppen följde filosofen in i grottan, nedför en lång sluttning mot världens mittpunkt. "Det här är rätt, " sa Partre, "vi passerar helvetets kretsar. Känner ni hur värmen tilltar?" han fläktade sig med en mapp för att kyla sitt överhettade huvud och bröst. Hans kompanjoner höll med. Det blev hetare och hetare.

"Vad är dessa dörrar?" Elvis pekade på dörrar utplacerade längs grottans utsträckning.

"De är ingångarna till helvetets sju kretsar. Olika grader av plåga beroende på ens synder. Vi måste gå till den djupaste nivån, krets sju. Mekanismen är placerad vid själva centrum av helvetets sjunde krets. Jag såg det från färjan, om ni minns. Den stod stilla. Det är själva varats och intets motor. Nyckeln till att låsa upp autenticiteten. Om den slutar röra sig kommer Intets totala mörker och kyla att ta över varat. Existens blir omöjligt. Även om alltet digitaliserats, kan den uråldriga balansen aldrig sättas ur spel utan konsekvenser för oss alla. Vi är kodrader. Allihop. Ändå kan vi inte kringgå existensens lagar och ringakta evigheten." Partre såg på några av dem och på mekanismen. Elvis och Chlôe såg på varandra.

"Hörde du, Chlôe, vi är kod." Elvis höll hennes hand i ett tämligen fast grepp. "Jag misstänkte det. Kommer du ihåg café 42? Och det belgiska Företaget? Den afrikanska resan? Inser du hur jazzigt detta är?" Elvis skakade. Han hade tydligen en av sina förnuftsfria perioder.

"Jo, jag har misstänkt något ett tag nu, men jag tror det faktum att våra vänner Stig och Lola har caféer över hela det kända och även det mindre kända universum, var det som fick mig att fundera. Allt är bra. Oroa dig inte. Nu måste vi få igång det där urverket igen, n'est-ce pas?" hon såg på den franske filosofen.

"Oui, it is so. Där är dörren. Nummer VII. Den lägsta kretsen av helvetet. Där de värsta syndarna är inlåsta. Vissa trodde det var något religiöst, ett av 'Guds' påhitt. Jag är, som ni vet, existentialist, och vet att allt som sker beror på våra egna handlingar. Följ mig nu in i helvetet."

Det dova ljuset var mer som ett vagt mörker. Det var så nära Intet man kunde komma på Digi Earth™ utan att sluta existera.

"Kära nån, detta känns lite obekvämt." Lola såg på scenen som utspelades framför dem. Centrum av den enorma grottan, så enorm, faktiskt, att man från ena väggen inte kunde se till den andra. I mitten av grottan satt två jättar, på varsin tron. De hade varsin brun rock. Nästan klänningslika. Gjorda av nån typ av filtat tyg. Stolarna eller tronerna var karvade direkt ur urberget. Urberget utgjorde centrum av det planetära objekt vi känner som 'Jorden'.

"Där, ser ni schackspelarna, de heter Ödet och Tiden. De är styrningen av Antikythera Mekanismen. Så länge de spelar sitt parti drivs mekanismen. Om ni tittar på dem nu, så har de slutat spela, och mekanismen har också mycket riktigt stannat." Partre pekade vagt mot ett kugghjul i fjärran, som definitivt stod stilla. Något hade fått ödet och tiden att sluta försöka besegra varandra. Något hade fått de två jättarna att bara sitta där och titta ut i tomheten. Och tomheten tittade tillbaka.

"Hur ska vi kunna övertyga dem om att börja spela igen? Varför skulle de lyssna på oss?" Stig såg orolig ut och såg på de andra, för att få stöd. Elvis såg ett papper på bordet. Tiden verkade studera det ingående.

"Det ligger nåt där på bordet, se. På Tidens sida. Vad kan det vara?" han pekade på ett ark pergament på bordet. Partre nickade och närmade sig bordet. De försökte ta sig upp, men det fanns ingen möjlighet att komma upp för de vertikala stenblock som utgjorde bordet.

"Titta där." Sa Lola och pekade på nån karaktär som stod i ett av bordshörnen, vilt gestikulerande. De bestämde sig för att gå dit och fråga vad den ville. Partre hade idén att det skulle kunna vara guiden från Rådet.

"Det kan vara guiden från Rådet. Hur som haver, vi borde gå dit och ta reda på vad den vill." Så gjorde de. Då de närmade sig bleknade den viftande figuren och försvann. Samtidigt förvandlades grottan till en datahall.

"Inget att oroa sig för," sa Partre, "det är samma plats sedd ur en annan mental synvinkel. Där, schackspelarna är vid datorerna där borta." Han/den pekade på en grupp servrar. De två spelarna, ödet och tiden, diskuterade något intrikat problem medan de drack något som verkade vara kaffe. Det var såklart bara ett hologram, men det luktade som kaffe och för de två Holo Personligheterna™ smakade det verkligen kaffe, så låt oss säga att det var kaffe.

"Hallå…" Filosofen log. "Jag tror minsann de argumenterar, äntligen något jag helhjärtat kan relatera till." Han vinkade åt de andra att komma, och satte av mot de två argumenterande äldre männen vid datorerna.

Stig och Lola kunde såklart relatera till kaffet, och Elvis och Chlôe visste att de närmade sig gåtans lösning.

"Vi närmar oss lösningen," sa Elvis, "och slutet av den här galna historien. Problemet verkar vara att få ödet och tiden att börja flytta sina pjäser igen." Han pekade på de uråldriga schackspelarna omgivna av datorer.

"Oui," viskade Partre, "jag måste gå dit ner och prata med dem. Annars är vi dömda." Han pekade på varats centrum, spelbrädet som avgjorde existensens, och varat som sådants, framtid. Han klev resolut nedför en trappa uthuggen i klippan. De övriga satt kvar på kubformade stenar.

"De verkar förvirrade," sa Chlôe, "jag hoppas en existentialist kan få dem att börja spela igen. I annat fall tror jag vi har problem." Hon vidrörde Elvis hand. Han såg på henne, sedan på det andra paret, och slutligen på existentialisten. Det låg spänning i luften. Stig plockade fram en termos ur en väska han hade med sig.

"Kaffe, någon?" frågan möttes av en känsla av uppskattning. Han/den hällde det svarta giftet i pyttesmå espressokoppar, lade till socker och erbjöd de andra. En scen man kanske skulle kunna vänta sig under de sista sidorna av ett galet äventyr i tid och rum. Ett som börjat i Stockholm, och slutar i själva varats och existensens kärna, som så klart var en hårddisk i den enorma dator som kallas 'Universum', och i vilken allt annat helt enkelt var rader av kod skrivna av existentialister med för mycket att göra och för lite tid att göra det på.

Våra vänner noterade hur Jean Sol närmade sig spelarna och började konversera dem. Elvis noterade hur Tiden skakade på huvudet och hur Ödet ryckte på axlarna. Partre producerade en mycket fransk gest genom att med fingret dra ned sitt högra nedre ögonlock medan han talade vilt och spottade saliv med orden. Ödet välte sin drottning, som för att ge upp inför tiden. Tiden började röra sig i slow motion, och ljudet från urverket ekade bort. Filosofen skrek 'Merde', grep drottningen och återinsatte henne i spelet. Ödet verkade gråta och Tiden flyttade en springare. Plötsligt kunde ett avlägset muller höras, som om berget själv skakade.

"Ok, jag vill inte säga för mycket, men det verkar faktiskt som att vi har existens igen." Elvis pekade på de två spelarna, och sedan på Partre som klättrade i trapporna för att ta sig tillbaka igen från existensens centrum.

"Du klarade det! Du fick dem att börja spela igen. Betyder detta att vi är i säkerhet nu?" Lola såg bedjande på existentialisten, som torkade några svettdroppar från pannan.

"Oui, C'est ca. Vi är trygga. Åtminstone för tillfället. Mekanismen tickar, och existensen har Vara för Sig igen."

Detta betydde att våra vänner kunde återvända till sin abstraktion av vara. De gigantiska processorerna kunde fortsätta producera Universum i kod. Stig och Lola kunde återgå till att driva sin kedja av caféer spridd över det kända och det mindre kända universum.

Så DigiWorld™ var räddad. Det eviga schackpartiet mellan Ödet och Tiden rullade på. Stig och Lola sa farväl till våra hjältar.

"Wow, vilket äventyr. Nu måste vi ta hand om våra caféer och det blir Business som vanligt igen. Ta hand om er och titta gärna förbi på en kopp av det svarta giftet när ni känner för det." Stig skakade hand med Elvis, och gav Chlôe en kram. Lola gjorde motsatsen. De vandrade nedför korridoren för att hitta dörren till sin värld. Den var mestadels blå. Våra vänner och hjältar började leta efter den där tunnelbanestationen. För att om möjligt komma tillbaka till någon holografisk sekvens de kände sig bekväma med igen.

"Titta, där är det!" sa Chlôe, och pekade på en portal längre fram. De kunde höra tåg anlända och avgå kontinuerligt.

"Ja," sa Elvis, "det ser ut som det vi kom med. Hoppas det tar oss nånstans vi känner igen oss i." Han hade sina tvivel. En plötslig dront sprang över perongen. Den/det verkade förvirrad/t. 'Men vem skulle inte vara det' tänkte Elvis.

"Kom, vi går ombord så får vi se var vi hamnar." Sagt och gjort, de klev på ett tåg. Det swishade igenom ett påfallande sterilt tunnellandskap. De anlände till en station. En plötslig röst annonserade att

"Detta är tågets slutstation. Avstigning för samtliga passagerare. Se upp för avståndet mellan vagnen och perongen vid avstigning." De såg på varandra och skrattade till då de hörde den välbekanta frasen. Mind the Gap, 'Se upp för avståndet'. De kände att de var tillbaka i London igen. Sorgligt nog var de någon helt annanstans. Med anledning av de val de gjort, tåg tagna och tåg avvisade, fann de sig i en 1950 tals mellanvästern stad i USA. Då de lämnade stationen förvandlades dörren till en kyrkdörr. En Pater promenerade förbi på trottoaren. Han/den nickade åt dem. Han mindes dem från ett tidigare avsnitt av denna galna historia. De nickade tillbaka och såg sig om. Ja, där var det där trädet med en cykel lutad mot sig. Och där barberaren bredvid caféet. Då de öppnade dörren log ägaren, Stig, och servitrisen, Lola, och pekade mot ett ledigt bord. Hologrammet var lika perfekt som vanligt.

"Kaffe, älskling?" frågade Elvis. Hans dam, Chlôe, nickade och drog ut en av Holo Stolarna™ och satte sig ned.

"Allt precis som det ska vara." Sa hon.

"Business som vanligt." Sa Elvis.

Processorerna fortsatte producera Universum, DigiWorld™ och vara. Partre återvände till sitt Montparnasse kontor. En fiskare fortsatte fiska efter existens. Och om Ödet och Tiden fortsätter spela, antar jag att Elvis och Chlôe sitter på nåt café eller bibliotek någonstans i närheten av kärnstäderna. Jazz och existentialism som enda guide genom varat som sådant.

Strålande tider, eller hur…

The end…eller?

Efterord

Så, då tänkte jag skriva några ord här för att ta farväl av Elvis och Chlôe, våra magnifika vänner på Bergsgatan, Kungsholmen, Stockholm, Sverige, Universum. Eller är allt en enorm hårddisk och du och jag i likhet med de världar vi besökt under denna trilogi med rötterna i en vansinnig kärlekshistoria bitar i ett minne? Vem vet. Kanske vi alla är tankar i ett oerhört och lite trögtänkt intellekt, en cerebral gåta? Eller om vi är en ström av medvetande på väg från källan, som är nyfikenheten, till urhavet, kunskapen eller meningen. Syftet.

Skrivandet av deras historia, av deras vara i ett ogästvänligt universum lika sant som livet självt, har varit en påfrestning. Kanske ett tvång. Jag, det författarvara som suttit här och slavat vid denna maskin, lutad mot en imaginär verklighet som varit den enda verklighet mitt förvridna sinne känt som naturlig, är numera inte mer än en skugga av det jag som för ett antal år sedan påbörjade arbetet på vad som skulle bli bok ett i Bergsgatan Trilogin. Jag finns numera tunt utspridd på de hundratals sidor som utgör början, mitten, och slutet av en drömbild. Man skulle kunna säga att för varje bokstav jag gett denna dröm har en bit av mitt fysiska och mentala vara som sådant lämnat mig.

Man skulle nog med trygghet kunna påstå att Elvis

fortfarande slavar på i sin boklåda på Kungsholmen, jagar nyupptäckta anteckningar, idéer och artiklar av Jean Sol, den Franske existentialisten i Montparnasse. Lika säkert kan man nog anta att Chlôe ännu möter sina kunder i Tidningsaffären på Bergsgatan. Har man otur kan man än idag stöta på skuggorna av en samling kriminella Sydafrikaner på ett eller annat café på Söder. Möten i skuggorna under ett antikt slott i Stockholm sker troligen än i denna dag, liksom 'Företaget här endast känt som Företaget' fortfarande använder rörpost för sina interna noter, och ständigt inviger nya korridorer till Palermo, Ulan Bator, eller en planet kring den blekaste stjärnan i Ursa Minor. Ett café drivet av Stig, hologrammet, och Lola, servitrisen med favoritfrasen 'Hello Sailor'. Vilken värld Företaget, eller Tempelriddarna som det förr var känt som, har skapat utifrån viljan att vara, det enda som gör existensen möjlig och nödvändig.

Med de orden; Adjö. Det har varit ett nöje att bygga denna värld av tro och önskan, av begär och hat, för er. För dej, Chlôe. Attraverso il Universo. Sempre come uno.

Vienna

November 2019

Om Författaren

Lord Skei, författare, akvarellist, poet, jazzmusiker, traveler, boulevardier, är den som författat denna bok som är del tre i en trilogi om paret Elvis och Chlôe, på Bergsgatan i Stockholm.

Han har spenderat sitt liv till största delen på resande fot. Tagit tågresor genom Kina, Sovjetunionen, Europa. Hoppat på flyget till Asien eller London. Hängt på caféer i Paris, London, Marseille, Antibes, Milan, och Rom. Spelat på pubar I Hong Kong. Haft utställningar i Sverige och USA. Läst poesi på ett gammalt bryggeri i Borlänge.

Lord Skei har en sida på Facebook för den som vill se lite av vad denne författare funderar på:

https://www.facebook.com/lordskei/

Lord Ulf Skei finns såklart på Amazon;

https://www.amazon.com/Ulf-Skei/e/B00JE1NU62?ref=sr_ntt_srch_lnk_2&qid=1575019524&sr=1-2

Och på iBooks;

https://books.apple.com/us/author/ulf-skei/id949713496